徳間文庫

元禄斬鬼伝

奈落

峰　隆一郎

徳間書店

目次

第一章　御成《おなり》御殿

一

元禄《げんろく》六年（一六九三）三月――。

江戸はぼんやりと曇っていた。桜の季節でもある。花曇りである。花に酔うという。ほんわかとした気分になる。風景のあちこちに桜の花が見えていた。

人の気持も何となく華やかになり、おだやかな気持になる。本郷《ほんごう》の麟祥院《りんしょういん》は桜の名所で、五千本の桜の木があると言われている。隅田堤《すみだづつみ》には桜の並木がある。花の季節には人が群れる。花の間をそぞろ歩き、隅田堤では舟で花見をする人もいる。

城の堀端にも桜の木は、二本、三本とあった。常盤橋《ときわばし》のそばに御成御殿がある。柳沢《やなぎさわ》保明《やすあき》（のちの吉保《よしやす》）が建てたものである。将軍は堀を通って水路この御殿にお成りになる。

城内の池からそのままお成りになることができる。それで保明は常盤橋ぎわに御殿を建てたのだ。もちろん、御殿の中には女たちがいる。

鏑木兵庫《かぶらぎひょうご》は、堀端の道を歩いていた。花に誘われるように出て来たのだ。軽衫《かるさん》をはき、袖《そで》なし羽織を着ている。頭には笠を乗せていた。雪駄《せった》をはいている。背丈は五尺六寸（一七〇センチ）ほど、肩は張っていない。体つきは丸っぽかった。兵庫は今年三十になる。浪人である。


浪人たちは三月になるとホッと息をつく。この冬をやっと生きのびたのだ。凍死しないですんだ。何とか食って来られたのだ。

その浪人たちが江戸の町のあちこちに姿を見せる。日溜まりに浪人が坐り込んでいたりする。浪人が空腹を覚える間はまだいい。空腹を覚えなくなったら、死ぬのも遠くない。生きているから空腹を覚えるのだ。空腹を覚えなくなると粥《かゆ》を食っても砂を噛《か》んでいるように感じる。

住む家もない。寺や神社の床下に寝る。風通しがよくて夏は涼しく過ごしやすい。だが冬は凍るように冷たいのだ。あちこちから板を拾い集めて来て囲いを作る。風は防げても、寒いのは変わらない。

冬にはあちこちで凍死者が出る。たいていは寺社の床下である。体力がないから凍死しやすい。凍死するのは気持のいいものだそうだ。寒さに震えていながら、ある瞬間から寒さを覚えなくなり、しきりに眠くなる。そして眠ってしまえばそれでおしまいなのだ。楽な死に方である。

凍死を望んでいる浪人は多い。何もやりたくないのだ。生きていれば飯を食わなければならない。排便もしなければならない。それすら面倒になる。死ぬほうが楽でいい。

ようやく冬をやり過ごし、春を迎えた浪人はホッとなる。暖かい日ざしがある。凍死することはなくなった。だが、次の冬に怯《おび》える浪人もいるという。

暖かくなって凍死しなくてすんだ。だからと言って何かをしようという気はないのだ。働く気があれば、最低でも人足仕事がある。人足仕事を十日やれば、一カ月は何とか食っていけるのだ。だが、働こうとはしない。働いて金を得るのは罪悪だと考えている浪人が多い。

むかしは主家から禄をもらって生活していた。その考えが体にも脳にも染み込んでしまっているのだ。働くのは百姓だ商人だ職人だと思い込んでいる。侍は働くものではない。働かずして食うのが侍なのだと。もっとも浪人たちはとうのむかしに侍ではなくなっている。

兵庫は浪人ではあるが、住む家を持っていた。借家ではあるが、飢えないほどには食っている。

浪人というとすぐに用心棒を思い浮かべる。だが、口入屋《くちいれや》から用心棒の仕事が回ってくるのはごく一部の浪人たちでしかない。もちろん腕は立たなければならない。それにむさ苦しい姿をしていては商人が雇いたがらない。面相も人にいやがられない程度でなければならない。

用心棒になるにもいくつかの条件があることになる。兵庫はある商家の用心棒をしていた。しかし、毎日仕事があるわけではない。一カ月のうち十日も仕事があればいいほうだ。それだけでも食うことにはこと欠かないし、家も借りていられるのだ。

働ける浪人はいい、何とか生きていける。雨露をしのぐ家にも住めるのだ。人なみの暮らしはできていた。

常盤橋そばの御殿から、大名駕籠《かご》が出て来た。供に二十人ほどの侍がつく。駕籠は呉服《ごふく》橋《ばし》のほうに進んで来る。兵庫はそれを見ていた。

駕籠の前にゆっくりと浪人が出て来た。兵庫と同じ年配だろう。広い肩をしていて武骨である。背丈は兵庫よりもいくらか大きいくらいだ。

その浪人が刀を抜いた。

供の侍の一人が、

「狼藉者《ろうぜきもの》」

と叫んだ。後ろにいた侍たちも走って来る。浪人は前にいる侍が刀を正眼に構えているのにもかかわらず、上段から雁金《かりがね》に斬り下げた。侍は体を震わせた。よろめくのをどうにか調和を保って立っている。

兵庫は見ていた。かなりの使い手で力もある。刀の動きが迅《はや》かった。腕は太く、丸太のようにえぐれている。

侍の一人が刀を振り上げた。とたんに浪人は一歩大きく踏み込み、腹を薙《な》いだ。侍は目を剥《む》いたが声をあげなかった。

はじめに斬られた侍の左肩が拡がっていき、蟬《せみ》が脱皮するときのように剝けていく。そのあとから血が流れはじめた。

二人目はうつろな目になり、刀を投げ出し、両手で腹を押さえてうずくまった。

三人目に対して、浪人は下から逆に斬り上げた。とたんに侍の右腕が袖から滑り落ち、刀柄にぶら下がった。腕は地面に届いて土の上を這《は》う。それにともなって血が流れ出て土に吸われていく。

たしかな太刀《たち》使いである。兵庫は浪人を見ていて、こんな剣士もいたのだと思う。足の位置、動きもよかった。

江戸には浪人が多い。さまざまな浪人がいるわけだ。

四人目は刀を薙いで両眼を裂いた。侍は、ウワッと叫んで、刀を投げ捨て両手で顔をおおった。水みたいなものが、両眼からとび出した。

五人目は袈裟掛《けさが》けに斬る。首に近いあたりから右の腋《わき》の下に向かって刀は抜けていた。斜めに一直線に裂かれ、首と右腕をつけてずり落ちた。そこに胴だけが残った。それでもまだ立っている。体はゆらゆらと揺れている。

ここまではほんの一瞬だった。駕籠の中の人物は、まだ何が起こっているのか知らない様子だ。

侍たちはジリジリと引く。侍が引くとそこに駕籠だけが残る。後ろから侍が斬りつける。浪人の体が動いた。侍は駕籠に斬りつけた。浪人はその両腕を切断した。両腕は駕籠に斬りつけた刀と一緒にぶら下がった。

「どうしたのだ」

駕籠の中から声がした。屋根を払い上げ、戸が開き、中の人物が体を乗り出した。そして浪人が家臣を斬っているのを見たのだ。

「何をしておる。斬れ、相手は一人ではないか」

と叫んだ。供はまだ十四、五人はいた。だが、残念ながら侍たちは剣術を知らなかった。

次々に斬られていく。

七人目が右腿を切断されて転がった。八人目が刀を上段に振りかぶる。浪人は刀を薙いだ。先に刀柄を摑《つか》んだ両腕が足もとに落ちた。それと同時に剣尖《けんせん》は首をも斬っていた。血の勢いに押されて首が後ろに反り返り、背中にくっついた。うなじのあたりの皮一枚でつながっていたのだ。

そのすさまじい斬り方に駕籠にいた人物は目を剝いた。

「どうした。たった一人をどうにもできないのか」

万石の大名、浪人がこわいからと言って逃げ出すわけにはいかない。家臣たちも、殿さまを逃がさなければという余裕はないらしい。

こんなことはかつてなかった。だから侍たちも、とっさにどうしたらいいかわからない。

九人目が正眼から突いて来た。その剣尖は浪人の胸元でピタリと止まった。腕も体も伸びきっている。それ以上は一分たりとも伸びないのだ。

この侍も、そのままの形で腹を裂かれた。腕も刀も長さは同じである。だが、薙いだ刀が二寸ほども伸びた。その二寸が腹を裂いていたのだ。

ところが、侍は腹を裂かれたことを知らない。刀が届かないと知って、刀を手もとに引き寄せ、上段から斬りかかった。斬ったところにはすでに浪人がいなかった。浪人を追って体をひねったとき、おのれの腹に異常を覚えたらしい。

体をひねったために、腹が開いた。白い臓物がおのれの腹からとび出してくる。侍の力が萎《な》えた。そのままくたくたと坐り込む。

十人が兵庫の目の前で斬られた。残った十人も斬るだろう。目的は殿さまを斬ることらしい。浪人に力の衰えはなかった。足の運びもみごとだった。

兵庫は歩み寄って刀を抜いた。

「わしが相手になる」

なにも、浪人の動きを止めることはなかった。斬りたいのだから斬らせておけばよかったのだ。

出しゃばりな、と兵庫も思った。

浪人が兵庫を振り向いた。兵庫は刀を右手に下げていた。浪人が上段から斬りかかった。兵庫はそれを見切っていた。さすがに剣尖が地面を掃《は》くことはなかった。

刀を持ち上げようとするところを、兵庫は刀の棟《むね》で相手の刀の棟を打った。鍔《つば》から一尺ほどを残して刀が折れた。ハッとなって浪人はあわてて退いた。

手もとに残った刀を投げた。刀は兵庫を外れた。浪人は脇差を抜いた。そして一呼吸おくと、二歩、三歩退き、そのまま背を向けて走り去った。

殿さまも、さすがに追えとは言わなかった。追えば、その人数だけ失うことになる。

「そのほうは何者」

「鏑木兵庫」

「鏑木か、余の屋敷へ参れ」

と言って駕籠の中にもどる。この殿さまが将軍家側用人《そばようにん》、柳沢保明だった。逃げていた駕籠かきがもどって来て駕籠を運ぶ。駕籠は呉服橋を渡る。柳沢の屋敷は道三河岸《どうさんがし》にあった。五人の侍は死体の始末に残った。

屋敷に入ると座敷に案内された。側用人というのは、老中と将軍の間を取りもつ仕事である。

しばらく待っていると保明が着替えて入って来た。

「鏑木兵庫と言ったな」

「はい」

「あの狼藉浪人をなぜ斬らなかった」

「なぜ斬るのでございますか。拙者《せっしゃ》は柳沢さまの家来ではありません。見るに見かねて、追い払っただけのことでございます」

「狼藉者を斬ってくれればよかったのだが」

「あの浪人、柳沢さまが目当てであったようですが、何か思い当たることがございますか」

「ない、と言いたいところだが、立場上、いろいろとあるようだからな」

「供の家臣の中に、剣を使う者を置いておかれぬと、お命、お失いになりますぞ」

「残った十人も斬られたか」

「おそらくは」

「すると、鏑木は余の命の恩人ということになるな」

「そういうことになりますか」

「望みがあれば言うてみよ」

「刀を一口《ひとふり》いただきとうございます」

「やすい用だが、なぜ刀を」

「折れましてございます」

刀を引き寄せると抜いた。鍔元一尺ほどを残して折れていた。さきほど浪人の棟を叩いて折った。そしてそのまま鞘《さや》に収めた。鞘の中で折れたのだ。

鞘を逆さにすると、その中から折れた半分が出て来て畳の上に転がった。

「さきほど、浪人の刀を折ったときにか」

「相手の刀を折ろうと思えば、こちらの刀も折れます」

「しかし、あのときには折れていなかった」

「折れていました。ただつながっていただけです」

「刀はあのように打てば折れるものか」

「棟を打てば刃が裂けて折れまする。鎬《しのぎ》を叩いても折れます。刀は折れるものでございまする」

「そうか、なるほど、刀があのように簡単に折れるものとは思わなかった」

保明は、家臣を呼んだ。そして刀を運ばせる。兵庫の目の前に七、八本の刀を並ばせた。

「好きなのを選ぶがよい」

保明に献納された刀である。名のある刀ばかりである。兵庫は二尺四寸の重ねの厚い幅広の刀を選んだ。多少は重いが手に合いそうな刀だった。折れた刀は二尺三寸五分、普通の長さの刀だった。たいして惜しい刀でもなかった。

刀を保明からもらうつもりで、浪人の刀を折ったのだ。

「他に望みはないか」

「ございません」

「欲のないことだな。命の恩人に刀一口ではな。どうだ兵庫、余に仕えぬか、二百石出そう」

「お断りします」

「禄に不足があるのか」

「いいえ。物乞いは三日やったら止《や》められぬと申します。浪人も三日やれば止められません」

「異なことを言う。仕官したい浪人が町にあふれているというのに。何か目当てがあるのか」

「何もございません。主を持つといろいろ面倒でございます」

「浪人として生きていても、面倒はあろう。それに男なら立身出世の夢もあろう」

「それがしには、そのようなものはございませぬ」

「そうか、頑固のようだな。よかろう、何かあったら余の名を出すがいい。余がいなくても家臣たちにも言うておく。なにせ、余の命の恩人だからな。そして、ときには顔を出せ。なりわいは何をしている」

「商家の用心棒でございます」

「出世を望まない男がいようとはな。ときには呼びつける、よいな」

「致し方ございますまい。ただ一つ言うておきます。身辺には剣の使える者三人ほどを置いておかれるがよいと思います」

「考えておこう」

兵庫は一礼して広間を出た。

二

兵庫は神田《かんだ》銀《しろがね》町《ちよう》の住まいにもどった。二間だけの古い家である。家には誰もいなかった。住まいには女は入れないことにしている。隣に甚兵衛《じんべえ》という大工が住んでいる。その女房のお種《たね》というのが兵庫の世話をしてくれる。それだけの金は渡してある。

火鉢に手を触れると暖かい。火箸《ひばし》で灰を掻《か》きまわすと、まだ熾《おき》があった。それに灰を乗せる。三月といっても夜になるとひんやりとする。

柳沢保明は五十両の金をくれた。しばらくは用心棒の仕事をしなくてもよい。もっとも仕事があれば口入屋から知らせが来る。頼まれればいやとは言えない。

兵庫は口入屋には人気があった。適当に用心棒の仕事がある。それで食っていけたのだ。浪人にも運というのがある。寺社の床下で凍死するのもいるが、兵庫のようにのんびりと生きている浪人もいるのだ。

わりに端正な顔をしている。顔で商人にいやがられたことはない。こざっぱりした身形《みなり》をしているし、適当に風呂にも行っている。風呂に行かないと肌の色も変わって来る。髷《まげ》もときには洗う。

炭に火がついた。五徳《ごとく》の上に鉄ビンを乗せる。湯が沸くまでには時間がかかる。急いで茶を呑みたいわけでもなかった。

刀を抜いて眺める。刃紋はなかった。だが刃にはよく焼きが入っている。直刀に近いが、切っ先三寸がわずかに反っている。

今日折った刀は平凡にすぎた。浪人がよい刀を持っているわけはない。ただ鈍刀《なまくら》ではないというだけの刀だった。

こういう刀が欲しかった。だが、それだけの金がなかった。おそらく百両くらいはする刀だろう。とてもそんな金があるわけはないのだ。

刀欲しさに、柳沢保明を助けたようなものである。そういう思いがなかったわけではない。柳沢にもらった刀は、いかにもおのれに合っているような気がする。よい刀を腰にしていると気分がよくなる。腰にもピタリと来た。

刃を鹿のなめし革で拭《ぬぐ》う。このところ、鹿皮も店からなくなった。生類憐《しょうるい》みの令からである。革製品は売れなくなっている。第一けものは獲《と》れなくなっているのだ。鳥も魚も殺すと罰せられる。庶民は肉類は食えなくなった。

人間は生類ではないのだ。人間以外の生き物が生類である。はじめは、将軍綱吉《つなよし》に男子が生まれないのは、前世において犬をいじめたからと僧が言った。

そして出た令は、犬愛護だった。犬を大事にしろ、犬を傷つけたら罰すると。飼犬からはじまったが、それが野良犬になり、そのうち生き物すべてになった。

猿楽町《さるがくちょう》と鷹匠町《たかじょうまち》という町名がなくなり小川町《おがわちょう》になった。妙な世の中だ。綱吉は館 林《たてばやし》にいたときから学問は充分にやった。柳沢保明は綱吉の学問の弟子でもあった。学問もあるのに、生類憐みの令を出す。綱吉は天下は自分のものと思っている。その思い上がりが許せない、と言っても一浪人ではどうにもならない。

人は斬ってもよいが、生類は殺してはならぬ、ということらしい。このところ、また江戸には浪人がふえている。それで浪人狩りをやる。捕らえては牢《ろう》がいっぱいになるので容赦なく殺す。

それを綱吉はおかしいとは思っていない。側用人の柳沢だって同じだ。

刀を折った浪人はなぜ柳沢を狙《ねら》ったのか。柳沢を斬っても生類憐みの令はなくならない。

鉄ビンがチンチンと音をたてはじめた。茶葉だけはよいものを買っている。茶が好きなのだ。熱くて濃い茶を呑む。急須に熱い湯を注ぎ込む。茶は一気に出る。

狭山茶《さやまちゃ》を使っていた。香りがいいし、味もいい。だが二番茶はきかない。茶を淹《い》れてそれを呑む。唇が火傷《やけど》しそうに熱い。それをフーフー息を吹きかけて呑む。舌が痺《しび》れるほど濃い茶だ。茶を呑むと気分も落ちついて来る。唯一のぜいたくだった。

翌日、昼の四ツ（午前十時）ころに、町同心と岡っ引がやって来た。

「鏑木兵庫というのはおまえか」

と同心が言った。

「そうだが、何か」

「ちょっと表へ出てくれ」

「少し待ってくれ」

と言って奥に入ると、火鉢の燠に灰をかぶせた。そして刀を持って表に出る。

「お奉行が用があるそうだ」

「何の用だ」

「そんなこと、わしにはわからん、伝吉《でんきち》、縄を打て」

同心は兵庫の腰の刀を鞘ごと引き抜いた。

「鏑木さんよ、あんたは何をやったんだ」

「こっちが聞きたいくらいだ。わしに縄をかけて無事ですむと思うか」

兵庫は素直に縛られた。奉行所を相手に喧嘩《けんか》してもつまらんからだ。

「間違いだったではすまんぞ」

「つべこべ言うな」

「とっとと歩け」

伝吉が兵庫の尻を蹴《け》った。

「同心、名は何という」

「名乗るいわれはない」

「あとで腹を切ることになるぞ」

同心は鼻白んだ。

「奉行にわけを聞いたか」

「そんなもの聞かん」

「聞かんで縄をかけるのか」

「おまえは、何かをやったのであろうが。お犬さまでも殺したか。どうせほこりの出る体だろうが」

「あとになって、泣き面をかいても知らんぞ」

「おとなしく歩け」

「おとなしく歩け」

と岡っ引が同じことを言って、また尻を蹴った。兵庫はよろめいた。

「伝吉とか言ったな、おまえは許さん」

「何を言いやがる。引かれ者の小唄というやつか」

「まあ、十日とは生きておれんだろうな。同心、おまえも同じだ。詫《わ》びてすむことではないからな」

「うるせえ、とっとと歩きやがれ」

「奉行が腹を切ることになる」

「大きなことぬかしやがって」

「同心、おまえには女房も子どももあるのだろう。可哀相にな。おまえが腹を切れば、妻子が、親もかもしれんが、路頭に迷うことになる。わしが何をやったのか、そのことを奉行に聞いて来るべきだったな」

「何を言うか、ただの浪人が」

「ただの浪人かどうか、いずれわかる。罪もないのに縄をかけてただですむのか、わかっているのであろうな。間違いだったではすまんことだぞ」

同心と伝吉は口をつぐんでしまった。もしかしたら、と思いはじめたのかもしれない。

呉服橋を渡った。その右角が北町奉行所である。

奉行の職は月ごとに交代する。この月は北町は非番だった。非番でも仕事がないわけではない。奉行の北条安房守氏平《ほうじょうあわのかみうじひら》は役所に出ていた。

「鏑木兵庫を連れてまいりました」

同心の柏木新兵衛《かしわぎしんべえ》が言う。奉行は、

「牢に入れておけ」

と言っただけだった。

奉行所には吟味《ぎんみ》のための仮牢がある。兵庫はその中に入れられた。牢の中には二人のごろつきがいた。

「おい、浪人、あいさつはないのかい」

とごろつきの一人が言った。兵庫は返事をしない。

「どうせ、小伝馬町《こでんまちょう》の牢に回されるんだ。筋を通しておいたほうがいいぜ。おれは虎三《とらぞう》ってもんだ。おめえの名は」

ごろつき二人も退屈だったのだ。

「おい、浪人、名を聞いているんだ」

「うるさいぞ、黙っておれ」

「なんだと、てめえ」

虎三は立ち上がって来て、兵庫の衿《えり》を摑もうとした。その手をひねりあげた。

「いてて」

と言うのを拳を顔に叩き込んだ。虎三はふっとんで板壁にぶち当たった。

「それくらいですんで、倖《しあわ》せと思え」

そう言うと、虎三はおとなしくなった。このたぐいは弱い者には強い。強い者には卑屈になる。

兵庫は、牢の前を通りかかった役人を呼んだ。そして手を摑むとその手に一両小判を握らせた。

「ちょっと柳沢さまの屋敷に行ってくれ」

「なに、柳沢さまの」

「鏑木兵庫がこの牢に入っていると伝えてくれ。あんたのためにもなることだ」

「柳沢さまのどなたに」

「門番に侍を呼んでもらってくれ。誰でもいい、わかるはずだ」

「わかった」

牢役人でも金で動く。それに一両は大金だった。役人はすっとんでいった。柳沢の屋敷は、この北町奉行所から遠くないところにあった。

柳沢の家人であれば、みな兵庫のことは知っている。殿さまの命の恩人なのだ。家人が十人も斬られているのだ。門番だって知っているはずである。

振り向くと虎三が隅に小さくなってうずくまっている。さっきまでの勢いはどこへやらである。

ごろつきはたいていそうだが、兵庫はこの手の男たちが好きではない。兵庫は歩み寄って虎三の衿を摑んで引きずり上げた。虎三の体が浮き上がった。小男ではない。左手で持ち上げておいて、右手の拳を顔に叩き込む。頭ががくんと揺れた。

「力もないくせに、なまいきなことを言いやがって、相手を見て口をきけ」

三発ほど叩き込む。虎三は泣いていた。

「旦那《だんな》、かんにんして下せえ」

「中途半端に叩くとあとが面倒だ」

更に叩く。顔が腫《は》れ上がってゆがんだ。牢の中でなければ叩っ殺しているところだ。妙な臭いがした。小便を洩《も》らしたのだ。

「ちぇっ、だらしのない男だ。洩らしやがった。それでも男か、熊みたいな顔しやがって」

と言って突き放した。いま一人の男ははじめから黙っていた。睨《にら》みつけると男は小さくなった。

それから半刻《はんとき》（一時間）ほどして、与力が二人、牢の前に膝《ひざ》を折った。そして牢の戸を開けた。

「鏑木兵庫どの、お出になっていただきたい」

「出られんな、何の罪で牢に入れたのかを、はっきりしてもらおう」

「ほう、間違いで牢に入れられるのか。間違いですまされるのかな」

「詫びている。牢から出てもらいたい」

「間違いであった」

「そうだな、あんたらには何の罪もないな」

と言って牢を出た。こちらへ、と言って与力二人が案内する。曲がりくねった廊下を歩いて進む。そして座敷に坐らされた。

「いま、奉行が参りますゆえ、しばらくお待ち下さい」

と言って与力は去る。その座敷には兵庫の両刀が置いてあった。しばらくすると北町奉行の北条安房守が姿を見せた。初老の肉付きのいい侍である。膝の上に両手を乗せて頭を下げた。

「当方の勘違いであった。許されよ。お帰り願ってけっこうでござる」

「ほう、勘違いだけですまされるのか」

「詫びておる」

「詫びるだけですむこととすまないことがある。わしは同心に縄をかけられた。岡っ引には二度も尻を蹴られた。詫びだけですむことではあるまい。同心と岡っ引をここに呼んでいただく。お奉行は事を甘く考えられているようだが、ただではすまぬ。罪のない者に縄をかけ、尻を蹴とばし、そして牢に入れた。その責任はお奉行がとるべきである」

「わしは縄を掛けよなどとは申しておらぬ」

呼ばれて、同心の柏木新兵衛がやって来て安房守の後ろに坐る。

「申しわけございませぬ。お奉行に言われて」

「奉行は縄を掛けよとは言わなかったと申されている。もっとも柏木さんが縄を掛けたのはお奉行の責任である。人に縄を掛けるということがどういうことか考えてみられたか」

兵庫は、安房守をいじめるつもりだった。奉行も強い者には弱い。それが気に入らないのだ。

小川町に、堀田《ほった》将監《しようげん》という旗本がいる。これは将軍家寵愛《ちようあい》のお伝《でん》の方の父親である。この将監はさまざまの悪事を働く。だが町奉行は全く手出しができないのだ。もっとも旗本は支配違いである。だがこの屋敷に出入りしているのはごろつきである。この者たちにも手が伸びない。

「どうせよと申される」

「まず、柏木さんに腹を切っていただく。そう申し上げておったはずだ」

「じょ、冗談を」

と柏木は青くなった。

「あんたは、わしに縄を掛けた。縄を掛けるには、それくらいの覚悟があってのことだろう」

「わしはただ、お奉行に言われて」

「お奉行にも腹を切っていただく」

「なにっ」

「ただし、これはわしが命ずるわけにはいかん。奉行も承服できまい。柳沢さまからそのような沙汰《さた》があるはず」

安房守の顔も青くなっていた。

「許してはもらえぬのか」

「許さん、と柏木さんに言った。わしの立場に立ってもらいたい。許せることかどうか」

そこに岡っ引の伝吉がやって来た。はじめから畳に額をこすりつけている。

「伝吉、おまえは十日以内に死ぬことになる。そう申したはずだな」

「ごかんべんを」

「お奉行の手の者が、おまえを殺すことになる」

「そのような。あっしはただ柏木さまの言いつけで」

「おまえはわしの尻を蹴った。柏木さんは、わしの尻を蹴れとは言わなかった。まあよい。十日の命だ、せいぜい楽しんでおけ」

「そんな、ごかんべんを」

「伝吉のこと、頼んでおきますよ。柏木さん、腹を切って下さいよ。お奉行、わしのほうから柳沢さまに話しておきましょう」

そう言い、帯に脇差を差し、刀を手に立ち上がった。

「首を洗って待っておられるがよい」

と言って部屋を出る。一呼吸あって、安房守は立ち上がった。

「おのれ。浪人の分際で」

と声を殺して言った。

相手が柳沢保明ではどうにもならない。一町奉行の首など簡単にすげ替えることができる。小普請組《こぶしんぐみ》に入り、一生うだつが上がらなくなるのだ。

役職がなくなると、家禄が三千石以上ならば寄合席《よりあいせき》に入る。それ以下であれば小普請組になる。安房守は役高を引かれると千五百石ほどにしかならない。小普請組である。

昨日、たしかに柳沢の家臣が使いに来た。その者の口上は、

「神田銀町に鏑木兵庫という浪人がいる。よしなに」

とそれだけ言った。安房守は捕らえて牢に入れておけばよい、と思った。柳沢家が邪魔にしている浪人と思ったのだ。

それが、さきほど、また柳沢の家来が来て、

「鏑木兵庫を捕らえて牢に入れているとはどういうことだ。鏑木さんは、柳沢家にとって大事な方だ」

と言った。安房守はびっくり仰天した。よく聞くと柳沢保明の命の恩人だという。それを捕らえて牢に入れたのではたまらない。

もう少していねいに言ってくれればよかったのだ。家来は、鏑木が何かをやっても許してやれ、と言うつもりで、よしなに、と言った。安房守はそれを逆にとったのだ。

たとえ首はとばなくても、安房守が出世することはないだろう。すぐに町奉行職も解任させられることになるだろう。

家来が、よしなに、と言ったとき、もう一言聞いておくべきだったのだ。安房守は一人合点したのだ。

三

兵庫は、呉服橋を渡った。

北町奉行をあれほどに痛めつけなくてもよかった。兵庫はおのれに寛大さがないことを知っている。腹が立ったのだ。あのままでは立ち去り難かった。

もちろん、言うだけですましたわけではない。同心の柏木新兵衛は斬るつもりだ。腹など切れる男ではない。伝吉だってそのままにしておくつもりはない。

岡っ引だって同心だって、町家から、賄賂《まいない》をもらっている。金を持っている者の罪は見逃し、金のない者は牢にぶち込む。町奉行所はそういうところだ。安房守も賄賂で腹が膨らんでいるのだ。

兵庫はうどん屋に入って酒を頼んだ。居酒屋の酒は安いがうまくない。それに店が暗い。まだうどん屋、そば屋のほうが明るいのだ。多少は高くてもうどん屋の酒のほうがいい。銚子《ちょうし》と盃が運ばれて来た。つき出しがついている。手酌で酒を呑む。

「律《りつ》は生きているのか」

と呟《つぶや》いた。

三年前、妹の律はまだ十八歳だった。兵庫とは九つ違いだった。律は美しかった。男たちが言い寄っても兵庫が拒んだ。

いつまでも拒めるはずはない。律に好きな男が出来れば諦《あきら》めようと思った。親も兄もいた。それが次々に死んで律と二人っきりになった。

齢が離れているので父親の気分でもあった。三年前のある夜、茶色装束の一団が律を襲った。一団が何者かわからない。兵庫は三人を斬った。四人目が逃げていく。そのあとを追う。途中で律が逆の方向に連れ去られたのを知った。

だが、どうすることもできない。四人目の右手首を斬り落として、何者かを聞いた。だがその男は左手で自分の首筋を裂いて死んだ。

浪人の娘を連れ去ってどうするつもりなのか。兵庫は律を探した。だが手がかり一つなかった。覆面はしていたが、何人かの顔は覚えている。

その者たちとも出会わなかった。律は消えてしまったのだ。何のために。兵庫に恨みを持つ者のしわざではなかった。

兵庫はこれまでにも多くの人を斬っている。恨みを買ってもおかしくはない。兵庫に恨みを持つ者であれば、律を餌《えさ》にして打ち殺す手に出て来るはずだが、何の音沙汰もないのだ。

もしかすると、すでに生きていないのではないのか、と思ったりする。生きていれば、何かの方法で連絡してくるはずである。

姿もよかった。色も白かった。あるいは美貌なるがゆえに攫《さら》われたのではないのか、と思うときもある。

妹一人守ってやれなかった慚愧《ざんき》もある。それ以来短気になった。すぐに腹を立てる。そして許せないのだ。むかっ腹が立って、眠れない夜もあるのだ。

うどん屋を出た。いくらか酔いが回っていた。西空にはまだ陽があった。神田銀町に向かった。むこうに住まいが見えていた。いつもの住まいなのに違って見えた。兵庫は足を止めた。違って見えるのは空気がおかしいのだ。

気をつけて見ると、浪人の頭が見えていたり足が見えていたりする。むこうは隠れているつもりだろうが、見る気になると見えるのだ。

一体何だろうと思ってみる。狙われている。誰に。さっき北町奉行の北条安房守をいじめて来た。それがさっそくやって来たのか。同心の柏木新兵衛に浪人を集めさせたのか。

何人いるのかわからない。隠れているのを誘い出すしかない。北条安房守は、兵庫が柳沢の屋敷に行かぬうちに斬ろうと考えたのかもしれない。

柳沢に告げられると困るのだ。その前に始末してしまおうと思った。それで兵庫の帰りを待ち伏せたのだ。浪人はあちこちに隠れている。

兵庫は何食わぬ顔で住まいにもどった。脱いだ雪駄を手に居間を通り、庭で雪駄をはく。そして細い路地を表へ回った。

見ると玄関に十数人の浪人が集まっている。刀を抜いていまにも斬り込もうとしているところだった。

浪人の群れの背後から声をかけた。

「わしに何か用か」

浪人たちがギョッとなって振り向く。そのときに刀は抜いていた。振り向いた浪人を、雁金に斬り下げた。ほとんど抵抗がなかった。下に向いた剣尖を車《しゃ》にして、刀を薙いだ。刃は顎《あご》の下で閃《ひらめ》いた。

浪人は目を剝いた。

雁金とは、肩甲骨のことを言う。肩甲骨は平べったく広い。それを貝骨と言った。貝骨をなまって雁金というようになった。雁金に斬るとは貝骨を切ることである。

左肩でも、心臓は外れている。また切っ先三寸では貝骨までは裂けない。少なくとも切っ先五寸以上が肩に食い込まなければならない。当然剣尖は背中に出ることになる。

それを腹のあたりまで斬り下げることになる。魚を三枚に下ろすような斬り方だ。一枚の身が斬られた。

肋骨《ろっこつ》も表裏切り裂かれている。腹には骨がない。そのために片身が裂けていく。そして左腕の重さが肩に拡がっていく。白身の魚と同じ色をしていた。

そのあとから血が流れ出していく。血が流れても切断された何本かの肋骨は、白く頭を出している。白身が次第に赤く染まっていき、垂れ流れる。

そのころになって、二人目の首が血流の強さによって胴を離れて浮き上がる。そして血を四方八方に噴出させる。その血を近くにいた浪人が受けた。顔に血を浴びてまっ赤になった浪人もいる。

首が血を噴きながら落ち転がった。その首を蹴り上げた。刀は右へ動いていた。兵庫の体も右へ動く。

そして八双《はっそう》の構えから浪人の左首筋に叩きつける。もちろん叩き込む勢いで引く。鍬打《くわう》ちという。鍬は土に打ち込めば引かなければ土は返らない。刀も打ち込んで引く。引かなければ斬れないのだ。

首筋から刃は斜めに入る。そして腋の下に出る。首と右腕をつけた上半身が斜めに滑り落ちていく。大根を斜めに切ったようにである。

ストンと落ちて坐った。目は兵庫を見ている。自分がどのようになったかわからないのだ。

四人目は腹を裂いた。これもほとんど手ごたえがなかった。ここまではほんの一瞬だった。四人目が斬られてやっと気付いたように浪人たちは散った。血を浴びているのも三人ほどいる。

そこで一息ついた。息もつかずに四人を斬ったのだ。

「町奉行にいくらもらった」

浪人たちは何のことやらわからない顔つきである。もちろん、浪人たちを雇ったのは北条安房守ではない。おそらくは柏木新兵衛だろう。

「腹いっぱい酒を喰らったか。さもなければ死にきれまい」

浪人が刀を振り回す。剣術というのを習ったことがないらしい。振り回す形は同じなのだ。そこに隙《すき》が見えてくる。右手首をチョンと打った。刀柄を握った手首が落ちる。手首が落ちたことも知らずに右手を振っている。血がとんだ。

六人目が上段から斬りかかってくる。それを払いのけるように薙ぐ。今度は刀柄を握った両腕がとんだ。

七人目が刀を薙いで来た。後ろへは退けない。近すぎたのだ。兵庫は体を寄せた。そして刃を首筋に当てて浪人の体を突きとばす。一呼吸あって首から血がほとばしり出る。どういうつもりか、浪人は体を回した。そのために血が八方にとぶ。残った浪人たちが血を浴びる。

残った五、六人の浪人が逃げようとする。十数人の浪人は兵庫がただの浪人と思って斬りに来たのだ。それなのに七人があっさりと斬られた。残った浪人は命あってのものだねと逃げ出す。

「待て」

と兵庫は言った。

「わしを斬らないでは賞金も出まい」

と言って五枚の小判をばら撒《ま》いた。浪人たちは足を止めた。そして、小判と兵庫の顔を見比べる。金は欲しいが命も惜しいというところだろう。

浪人の一人が小判に向かって少しずつ歩み寄ってくる。腰をかがめて、小判に手を伸ばす。目は兵庫を見ている。指が地面を探る。

目が小判を見た。小判を掴む。その瞬間、兵庫は動いた。ハッと思って浪人が兵庫を見たとき、一歩踏み込んで薙いでいた。

パカッ、と音がした。頭の鉢が皿になって飛んだ。髷をつけたままである。その皿が浪人の一人の顔にペタリと貼《は》りついた。

「ワア」

と声をあげて、あわてて皿を顔から引き剝《は》がす。

頭骨の中では白いものが蠢《うごめ》いていた。浪人の頭が傾くと白い豆腐のようなものが流れ出る。だが、白いものは糸でつながっているようだ。まるで腸詰めのように。

斬られた浪人は、おのれの脳漿《のうしょう》を何か珍しいものでも見るように、手に受けて見ていた。まだ脳には血がある。そのために意識はあるはずだった。

そのときに兵庫は四人の浪人の中にとび込んでいた。一人は右太腿を切断した。一人は雁金に斬る。次の一人は刀を下から掬《すく》いあげるように斬り上げる。右腕が右肩のあたりで切断され、袖の中を滑り落ちる。

仲間の皿を顔に受けてあわてている浪人を唐竹割《からたけわ》りに斬り下げた。額から眉間《みけん》を通り、鼻筋を通り仁中《じんちゅう》を通り、上下の唇を裂いて顎の下まで、赤い糸が浮き上がった。その糸が次第に膨れ上がり、血が滴《したた》り落ちはじめた。

斬り下げた刀を薙ぐ、左から右へ。右太腿が袴の中から滑り出てくる。浪人は右側へ調和を失って倒れる。

残った一人は背中を向けて逃げようとした。腰のあたりを薙いだ。背骨が切断され、足が動かなくなって前に倒れる。

これで十数人をみんな斬った。ばら撒いた五枚の小判を拾う。血に汚れていれば浪人の着物で拭う。それを懐中に収めてから刀を拭う。

弥次馬が集まっていた。その弥次馬の中に見知った顔の浪人がいた。兵庫はその浪人に向かって歩く。

「凄《すご》い斬り方をする」

と浪人が言った。

「腹の虫が治まらなかったのでな。貴公の名を聞いておこうか、わしは鏑木兵庫」

「蟹丸《かにまる》兵衛《ひょうえ》」

兵庫が歩き出すと蟹丸もついて来る。表には死体が転がっている。住まいにもどれるわけはなかった。

蟹丸は、柳沢の駕籠を襲った浪人だった。

「なるほど、鏑木さんの腕はわかった。呉服橋でなぜわしを斬らなかった」

「あんたには恨みも何もないのでな。それにあんたが柳沢を討とうとする理由も知らん」

「鏑木さんの刀も折れたはずだが」

「折れた。折れた刀の代わりに柳沢からこの刀をもらった。よく斬れる」

「凄かった。わしにはあんな斬り方はできぬ」

「なんの、呉服橋では凄い斬りようだった」

「鏑木さんは、柳沢に取り入るために、わしの刀を折ったのか」

「そういうことだろうな。柳沢と昵懇《じっこん》になっていると、何かと便利だからな」

「少し話を聞いてくれるか」

「よかろう」

両国広小路《りょうごくひろこうじ》の近くの小料理屋に入った。兵衛は金がないという。まかしておけと兵庫が言う。向かい合って坐る。酒膳が運ばれてくる。

「いまの浪人たちは」

「北町奉行に頼まれた者たちだ」

「町奉行が浪人を雇うのか」

「そのようだな、奉行を少しいじめた」

「奉行をか」

「少々、虫の居所が悪かった」

「わしなど遠く及ばんわけだ」

「そうでもない。蟹丸さんのおかげで柳沢と知り合った。柳沢の権力を使ったまでだ。それはそうと、どうして柳沢を狙った」

「そのことだ。昨年のことだ。わしの妻が攫われた」

「攫われた？」

「それ以来、消息もわからん」

「妻女は美形であったか」

「亭主のわしが言うのもおかしいが、美しかったと言えるだろうな」

「なるほど」

「わかるのか」

「何となくわかる。美女を攫う一味があるようだな」

兵庫は妹律のことは喋《しゃべ》らなかった。

「それが、一味は浪人ではなく侍だった。わしは二人を斬った。そして覆面を剝いでみた」

「侍だったか」

「そうだ」

侍と浪人は一目でわかる。顔の色からして違うのだ。もちろん月代《さかやき》は剃《そ》りあげていた。

「どうして柳沢と結びつけた」

「御成御殿には多くの美女が集められているという。将軍に供するためだ。その女たちの中に妻がいるのではないかと、噂《うわさ》を聞いて御殿に忍び込んでみた。もっとも警護の侍たちに追い払われたがな」

「将軍はよほど好きものと見えるな。女も食しすぎれば飽きるというが。それで蟹丸どのは、妻女を取りもどしたいのか」

兵衛は唇をゆがめた。

「取りもどしても、もとの妻ではあるまい。あるいはわしのことなど忘れているかもしれない。貧しい浪人の貧乏暮らしなどいやであろうからな。御殿にいれば楽な暮らしができる。むなしい。わしが柳沢を狙ったのは、ただの腹いせに過ぎんかもしれん。あそこで鏑木さんに斬られていたほうがよかったのかもしれん」

「そういうものでもあるまい」

「わしはな、鏑木さん、悋気《りんき》の強いほうでな。妻が将軍に抱かれていると思うと狂いそうになる。抱いているのは将軍ではないのかもしれないがな。女というのは、他の男に抱かれると変わる。男が女を抱くのとは違う。それくらいのこと、鏑木さんにだってわかるはずだ」

「たしかに」

酒がなくなって追加を頼んだ。

「生きていても面白くない。明日に何かがあるわけでもない」

「だが、浪人たちは明日がなくても生きている。もっとも死ねないからでもあるが。蟹丸さん、他の女では駄目か」

「そういうわけではない。抱ければ他の女でもいい。だが妻は別だ。御殿から妻を連れ出して斬りたい。そうすれば気分もさわやかになるのであろうがな」

「果たして斬れるのかな」

「自信はないな」

と言って兵衛は淋しそうに笑った。兵衛は江戸詰めの侍だった。だから妻がいた。主家が改易《かいえき》になって江戸で浪人になったのだ。

「妻を持っていたばっかりに、苦しまなければならん。男とは弱いものだ。まるで子供のように、妻恋しと泣いている」

「淋しいのだな、わしも同じだ。だが、人はみな一人だ。淋しさに耐えることも生きることだ」

遊びに来られよ、と言って店の前で別れた。

第二章　生類《しょうるい》憐みの令

一

将軍綱吉の命によって生類憐みの令が出されたのは、貞享《じょうきょう》四年（一六八七）だった。はじめは飼犬を愛護せよということだったが、すぐに野良犬をも大事にせよということになる。

それが一般の生類についても令が出された。猫やネズミ、鳥や魚についてもである。当然肉も魚も食えなくなった。蛇を殺したといっては遠島になったり、猫が井戸に落ちたのを助けなかったということで罰せられた。

この生類憐みの令の因《もと》は、三代将軍家光《いえみつ》であり、家康《いえやす》に通じている。二代将軍秀忠《ひでただ》には忠長《ただなが》という子がありながら、家康はお福《ふく》（春日局《かすがのつぼね》）に生ませた家光を将軍にする。

家康の意図は、将軍家を神道から仏教にするためだった。お福は仏徒である。そのお福に家光を仏教徒にするように頼んだ。家光はお福に仏教を叩き込まれた。徳川家は代々神道だった。それなのに家康は徳川家を仏徒にしたかった。何のためかわからない。

神道派は荒々しい。戦国時代はそれでよかったが、徳川幕府になってからは、仏教徒のほうが天下を治めやすいと考えたのだろう。

将軍には秀忠の子忠長がなるはずだった。忠長のほうが正統である。それなのに家康はあえて家光を将軍にした。

忠長も幕閣や大名たちに人気があった。忠長が謀叛《むほん》するのを期待している大名も少なくなかった。

だが、忠長は暗愚だった。自分の立場も知らない殿さまで、幕府は忠長を怖れ駿河《するが》から甲府《こうふ》に移した。

柳生十兵衛《やぎゆうじゆうべえ》は、忠長を将軍にするために、走り回った。

もともと神道派であらせられる天皇家も、家康と家光によって仏教徒にされてしまった。天皇の寺として京に泉涌寺《せんにゆうじ》が建てられ、代々の天皇はその寺に入寂《にゆうじやく》されるようになり、明治になってようやく神道にもどられたのである。

将軍家が仏教徒になったので、神道から仏徒に宗旨替えする大名が多くなった。腹の中は神徒であってもである。

神徒将軍は二代秀忠で絶えてしまったのだ。そして仏徒将軍が続くことになる。家光の愛妾《あいしょう》お萬《まん》の方の部屋子に、お玉《たま》とよばれる少女がいた。白い肌のふっくらとした女の子で、口の悪い者は白豚と言っていた。

お玉は、京の二条《にじょう》関白光平《かんぱくみつひら》の家司《けいし》、本庄太郎兵衛《ほんじょうたろべえ》宗利《むねとし》の娘である、ということになっているが、実は八百屋の娘である。母親が娘を連れて宗利の妾《めかけ》になった。はじめはお光《みつ》、のちに秋野《あきの》になり、お玉になった。人を通して江戸大奥に入って女中となった。そののちお萬の方の部屋子になった。

家光がお萬の方の部屋に通ううちにお玉が気に入った。美貌というのではない。家光はすでに美貌の女には飽きていた。美しいというだけでは、興味が湧かないのだ。お玉は丸々として肉は柔らかそうだ。

京生まれの女だから色は白い。それにいかにも温かそうな体をしている。折から冬であった。夏であったら手をつけなかったかもしれない。

お萬の方は、お玉を湯殿の係にした。湯に入る将軍の世話をする女中である。家光はむちむちしたお玉の体に手を触れた。そしてお手付き女中となった。

お玉を抱いて寝れば肌が柔らかくて温かい。家光はお玉を寵《ちょう》した。そして、正保《しょうほう》三年(一六四六)正月八日、お玉は男児を出産した。

この男児は徳松丸《とくまつまる》と名付けられ、五代将軍綱吉である。家光の第四子ということになる。お玉は敬虔《けいけん》な仏教の信者でもあった。家光が寵したのもこの辺にあったのだろう。

慶安《けいあん》四年(一六五一)、徳松丸は六歳になった。上野《こうずけ》に十五万石を賜《たま》わった。その六月に家光が他界、お玉の方は頭を丸めて桂昌院《けいしょういん》と称した。

寛文《かんぶん》元年(一六六一)、綱吉十六歳の八月九日、十万石を加増され、上州《じょうしゅう》館林の城主となった。柳沢保明はこのころから小姓として綱吉に仕えていた。

桂昌院が仏徒として僧とつき合いはじめたのはいつごろからだったのか。京にあってまだ八百屋の娘だったころ、母に連れられて仁和寺《にんなじ》に参詣《さんけい》した。そこで伴僧《ばんそう》の亮賢《りょうけん》というのに声をかけられた。僧はお玉を見て、

「この娘は、出世して尊い方になりますよ」

と囁《ささや》いた。

お玉がみごもったころ、亮賢は神田知足院《ちそくいん》の住持になっていた。それでお玉は「男児を生ませて下さりませ」と亮賢に祈願した。そして綱吉を生んだのだ。

お玉の願いは二つとも叶《かな》った。桂昌院が亮賢を信頼するのは当然だった。

やがて、綱吉は五代将軍となって江戸城に入る。本丸は修復していた。間もなく普請《ふしん》もできて安鎮の修法《しゅほう》を行うことになった。

この時、綱吉は知足院の院主であった恵賢《えけん》（亮賢の法弟）にその役をおおせつけた。これも桂昌院の希望だったのだ。

老中の稲葉正則《いなばまさのり》は、

「ご城中の修法は、天海僧正《てんかいそうじょう》以来上野寛永寺《うえのかんえいじ》へおおせつけられるようになっております」

と言った。すると綱吉は、

「かようなことは、時の将軍の考えで決めるべきものだ」

と正則の意見を除《しりぞ》けた。

桂昌院は、上州から亮賢を呼びもどした。そして府下に一寺を建立《こんりゅう》してやりたいと綱吉に頼んだ。

綱吉は、老中土井能登守利房《どいのとのかみとしふさ》を召して、寺を建てる土地を探せ、と命じた。能登守はこれを重要なこととは思わずに先延ばしにし、そのうちに忘れてしまっていた。桂昌院は苛立《いらだ》っている。

綱吉は能登守を呼び出す。そのことを言うと能登守はあわてて、

「いまもって適当な土地が見つかりませんので困っております」

と答えた。それを聞いて綱吉は火のようになって怒った。

「怠慢だ。そのほうのごとき者は、明日より登城するに及ばず」

能登守はお役御免になった。

雑司ヶ谷《ぞうしがや》の地に一寺が建立されることになり、天和《てんな》二年（一六八二）に出来上がった。寺号を護国寺《ごこくじ》とし、関東における真言宗の寺と定められ、上野寛永寺と対立するほどになった。寺領三百石、亮賢が住職に納まった。

入仏供養結願《けちがん》の日、桂昌院はその日に護国寺に参詣したいと言い出した。すると、老中の板倉重種《いたくらしげたね》がそれを不可として諫止《かんし》した。

「入仏供養と申しますは、寺法一通りの修法でございまして、公儀より別段おおせつけられた式ではございません。それを雑人《ぞうにん》ばらと同様にご結願なされるためご参詣あそばされるなどは、もったいないことでございます。むしろ入仏供養もすみました後に、お心静かにご参詣あらせられますがよろしかろう」

と忠義面で申し上げた。桂昌院は怒った。その年の末、板倉重種は老中を免ぜられ、武州《ぶしゅう》岩槻《いわつき》から信州《しんしゅう》松本《まつもと》に転封された。

綱吉は、忠義面で諫言《かんげん》する者を嫌った。

翌、天和三年二月、桂昌院ははじめて護国寺に参詣した。老中、若年寄、側用人、そして美しく着飾った多くの大奥女中たちが行列を作って参詣した。以来、大奥女中たちは折々に参詣することとなった。

大奥にもう一人の権力者が出て来る。綱吉の愛妾お伝の方である。お伝の父親は黒鍬者《くろくわもの》の小谷権兵衛《こやごんべえ》である。

お伝もまた、湯殿で綱吉の手がついた。お玉と違ってお伝は美形であった。彼女は延宝《えんぽう》五年（一六七七）に鶴姫《つるひめ》を生み、七年に男児を生んだ。綱吉と同じ徳松丸と名付けられた。お伝は御台所《みだいどころ》や桂昌院に気に入られ、大奥一切の事務の支配を命ぜられ、権力は一段と強かった。

だが、天和三年五月二十八日、徳松丸は五歳で死んだ。綱吉、桂昌院もがっかりした。貞享三年、神田知足院の恵賢が病気で危ないという。桂昌院は、護国寺の亮賢を呼んで、

「しかるべき者を後住《こうじゅう》に推薦せよ」

と命じた。

亮賢はさっそく、相州長谷寺《そうしゅうはせでら》の隆光《りゅうこう》をすすめた。隆光は召されて知足院の院主となる。当時三十八歳の美僧である。この隆光の登場で〝生類憐みの令〟の役者が揃《そろ》った。

隆光はずいぶんと桂昌院に愛された。そのために綱吉の信頼もあつかった。彼ら二僧は、つまり亮賢と隆光は世にときめき、上野寛永寺や芝《しば》の増上寺《ぞうじょうじ》も二人の風下につかねばな

らなかった。

江戸市中でも隆光と桂昌院の仲を疑う者も出て来た。二人は男と女の仲だという。だが世の識者たちは、このときすでに五十を過ぎていた桂昌院が美男とはいえ三十八歳の隆光とそのような関係になるはずはない、ただの噂《うわさ》だという。

だが、五十すぎの女が男に抱かれないわけはない。まだ充分に女である。また、桂昌院は綱吉の生母である。幕府の実権を握っている。綱吉も桂昌院の言うことなら何でもその通りにする。

隆光がそんな桂昌院に迫らないわけはない。隆光には桂昌院を狂わせるくらいは朝飯前のことだったろう。

綱吉はすでにこのとき四十代、なかなか男の子ができない。子ができなければ、次の将軍は他家から来ることになる。

綱吉は隆光を呼んで、

「いかにしても子孫繁昌いたすよう、祈禱《きとう》に丹精すべし」

と命じた。

このころ江戸城内は、吹上苑《ふきあげえん》から紅葉山《もみじやま》にかけて、雉子《きじ》や狐狸《こり》のたぐいが群棲《ぐんせい》していて、料理所や長局《ながつぼね》のあたりに出没する。

その狐狸を追い払うために犬を飼った。それで狐狸は姿を消したが、今度は犬たちがうるさく吠《ほ》える。何百匹の犬になった。

ある日、知足院の隆光が、加持《かじ》のために桂昌院に呼ばれて大奥に出仕した。加持もすみ、隆光は犬が多いことに気付く。そのことを桂昌院に聞く。

狐狸を追い出すために犬を飼ったいきさつを話す。それをじっと聞いていた隆光はハラハラと涙を流した。

「もったいないことでございます。これは仏のおはからいに相違ございませぬ。と申しますのは、上さまは戌年《いぬとし》のご誕生でございますから、生類の中でも最も犬を愛護されるべきでございます。ましてただいま御子息ご繁昌のご祈禱中のことなれば、犬を憐れみなさることはけっこうなことでございます」

隆光が涙ながらに申し上げる。桂昌院はそれに感じいってしまった。そしてこのことを綱吉に申し上げる。親孝行の綱吉はさっそく老中を召して申し渡した。

これが〝生類憐みの令〟の発端である。老中たちは、この奇怪な上意に、首を傾けたり、上様は気が狂われたかと思った。

以上、長々と書いて来た。〝生類憐みの令〟の因は、徳川家康にあった。家康が将軍家を神道から仏教に変えた。その災いが綱吉のときに出たのだ。

このような愚法が出ようとは家康すら予想できなかったろう。そして、この令が徳川家を危うくすることになる。

女には天下のことはわからない。隆光を信じきっている桂昌院は、隆光の言うように、〝生類憐みの令〟を出せば、綱吉に子が生まれると思い込んだのだ。

このとき、人は生類ではなかった。だが、隆光は小伝馬町の牢《ろう》にいる囚人たちも生類であることに気付いた。それで囚人たちを人らしくあつかうことを言い出した。

そのために囚人たちのあつかいも変わり、食事なども上等なものになった。だが、一般の庶民たちはもちろん、武士たちも僧たちも迷惑していることまでは、思いが至らなかったようだ。

譜代大名たちも、綱吉が狂ったのではないかと言い、綱吉に長く生きられては、すべての人たちが迷惑すると考えはじめた。

二

綱吉の寵を受けたお伝の方の身内は出世した。お伝の姉は、館林のころの家老で、いまは綱吉の側用人になっている牧野備後守成貞《まきのびんごのかみなりさだ》の養女ということで戸田淡路守氏成《とだあわじのかみうじしげ》の室となった。

黒鍬者の小谷権兵衛は、一挙に三千石の旗本に取り立てられ、老中首席の堀田正俊《ほったまさとし》の弟分となって名も堀田将監と改め、神田小川町に屋敷を賜わった。

黒鍬者というのは城内の掃除をする微禄《びろく》の者で、知識も教養もなかった。つまりごろつきである。

その子の権九郎《ごんくろう》は大小を差して形だけは武士になっているが、ごろつきそのものであった。

酒色にうつつを抜かし、やくざを集めて、屋敷の中に賭場《とば》を作った。

鏑木兵庫は、小川町の堀田将監の屋敷に入った。門扉《もんぴ》は閉まっているが、くぐり戸は出入り自由である。兵庫がこの屋敷に出入りするようになって一年を過ぎていた。

将監の噂を聞き、もしかしたらと思ったのだ。律がこの屋敷に攫《さら》われたのかもしれないと。

三千石の旗本だから、二十四、五人の家臣はいるはずだ。もちろん、これもごろつきの中から召し抱えたのだろう。屋敷でごろつきを飼っているのだ。

この者たちが町で女を攫って来ては将監に献ずるのだ。このごろつきどもも将監の家臣という立場だから、月代《さかやき》を剃《そ》って刀を差して侍らしくしている。

兵庫は蟹丸兵衛も連れて来た。もしかしたら兵衛の知っている顔もあるのではないかと。

兵衛は首を振った。妻を攫ったのは、このような侍たちではなかった。まだ、まともな侍たちだった。

賭場になっている座敷に入る。ごろつきたちが茣蓙《ござ》を挟んで丁半の熱気を燃やしている。

賭《か》けごととなると、ごろつきたちも熱くなるのだ。

「どうだ、勝負はやったことがあるか」

「しばらく通ったこともある」

「だったら、しばらく遊んでいてくれ」

と言って二両の金を渡した。兵衛は一両だけ、胴元で賭札に替えた。そして茣蓙のそばに坐る。

兵庫はそれを見て奥の部屋に向かった。将監は酒を呑んでいるか女を抱いているかだ。

三千石もらっても役職というのはない。

襖《ふすま》の前に立って、声をかける。

「おい、将監さんはいるかい」

「ああ、鏑木さんか、入ってくれ」

と将監の声がした。襖を開ける。四十を過ぎた将監は、長襦袢姿《ながじゅばんすがた》の女と酒を呑んでいた。

いつも女は違っている。一人の女にはすぐに飽きるのだろう。

「おい、お紋《もん》、酒を持って来い」

あいよ、とお紋と呼ばれる女は立ち上がる。

「いい女じゃないか」

「両国の料理屋の仲居だ。好きものでな、放っておいても逃げようとはせん」

「何か面白い話はないか」

将監はだらしなく坐っている。下帯は解いたままらしい。股間に女の手を誘うのだろう。

いつも酒が入っているから赤ら顔だ。それにてかてかと好色そうに光っている。顔が光っ
ているのは好色なためではない。現代流に言えば血圧が高いのだ。

いずれは脳の血管《ちくだ》がはじけてお陀仏《だぶつ》になるのだろう。これで三千石の旗本なのだ。

お紋が銚子《ちょうし》を運んで来た。崩れてはいるが、どこか妖しい魅力がある。

「こっちはな、やっとうの名人でな、鏑木さんという。わしの知り合いでな。この女はお
紋だ。まだそれほどに汚れてはいない」

お紋はちらりと兵庫を見た。目に凄《すご》いような色気がある。たしかにいい女のようだ。目

の異常な女は女陰も異常だという。

お紋は兵庫に酌をする。その腕がねっとりと白い。すぐにでも首に絡みついて来そうだ。

「お上は、どれくらい女がいるんだろうな。将監さんならわかるんじゃないのか。御成御殿にもかなりの女がいるそうじゃないか」

「そうだな、三十人くらいはいるだろうな。上さまも考えたよな、大奥で女中に手をつければ、側室として部屋を与えなければならない。金もかかるし面倒だ。それで外でたのしむ。あちこちに女がいるそうだからな」

「どれくらいいる」

「正確な数はわからないが、御殿の他に柳沢の屋敷にお成りになる。牧野備後の屋敷にもお成りになる。備後の奥方というのが美形らしいからな」

「備後と言えば側用人だろう」

「柳沢出羽《でわ》と同じさ。上さまは人の女房が好きだからな。生娘《きむすめ》よりもよく練れた女のほうがいいのはわかるがな」

「その上さまも、もう将監さんと同じくらいの齢だろう」

「わしよりも二つ若い」

「将監さんは、まともに女とできるのかい」

と言ってお紋を見た。

「もう駄目ですよ」

とお紋が言った。

「近ごろはまともでは立たん」

「上さまは、そんなに多く女がいてよくできるものだな」

「それほどできんだろう。ところが、あの隆光という坊主、妙な術を使うそうだ」

「妙な術とは」

「肌に触れないで女を悶《もだ》えさせることができる。お伝がそう言っていた」

「女だけ悶えさせても男が立たなければどうにもならん」

「ところが、隆光が術をかけると、男の一物がこちこちに堅くなるそうだ」

「そんな術があるのか」

「あるわけないよな。そんな術があったら、わしもかけてもらいたいよ」

「上さまは、隆光にその術をかけてもらう。それで女を抱けるということか」

「そういうことらしいな」

「なるほど、それで御成御殿があるのか」

そういう術があるというのは眉つばだが、精力を高める薬くらいはあるのだろう。それを呑みながら女を抱くのか。

女はそれほどによいものか。兵庫も女が嫌いなわけではない。だが、三十人も美女がいては、いやになるのではないか。

綱吉はよほど好色なのだろう。女以外には楽しみがないのか。年がら年中、女のことばかり考えているのか。

もちろん、御殿に遊びに来て、三十人の女とまぐわうわけではないだろうが、柳沢は綱吉のご機嫌を取るために、これだけの美女を集めているのだ。

これでは子が生まれるわけはない。精汁は放出するごとに薄くなる。一回放出すれば精汁は半分になる。二回放出すれば四分の一、次は八分の一、これでは女を孕《はら》ませることはできない。

真言宗の隆光がいかに祈禱しても、無駄なことだ。精汁がもとの濃さにもどるには、時間を要する。精汁がもとにもどらぬままに次の女に手を出す。

そのようなことを言う医者はいなかったのか。もっとも当時はこのようなことは考えられなかった。女を抱いて壺《つぼ》の中に精汁を放出すればそれで孕むと考えられていた。

隆光も無駄なことをしている。生類憐みの令も全く意味をなさなかった。そのために人々は難渋しているのだ。

「わしなどは、それほど女を抱いたわけではないのに、近ごろとんと弱くなった」

と言って将監は、目の前のお紋の衿《えり》から手を入れて乳房を摑《つか》んだ。お紋はちらりと兵庫を見て照れたように笑った。まだ羞恥心《しゅうち》は持っているようだ。

乳房を揉《も》む。体は敏感になっているのだろう。顔を赤くしてうつむいた。そのさまが妙に女っぽかった。

「どうだい、鏑木さん、このお紋を抱いてやったらどうだ。お紋はあんたに抱かれたがっている。な、お紋、そうだろう」

お紋はうつむいた。

「どうだい、鏑木さん」

「悪くないな」

お紋は鏑木を見た。

「ほんとですか」

と言う。武士に二言はない、とこんなところで武士を出すことはない。お紋は立ち上がった。そして、風呂に行って来ます、と言って部屋から消えた。

な、と言って将監は兵庫を見て笑った。

「おのれの女をわしに抱かせて平気なのか」

「なあに女なんてぞろぞろいる。お紋もわしの女というわけではない。飽きれば放り出す。そうするともとの仲居にもどるだけだ。わしは悋気《りんき》ではないからな。さっきも言ったようにあの女は好きものなんだ。だから仲居などをやっている」

仲居というのは自由な女だ。金次第で客に抱かれる。そうはいっても仲居にも男を選ぶ権利がある。

将監の家来たちは、そういう女たちを攫ってくるのだ。こんな女たちのほうが、あとの面倒がなくていいのだ。それだけ罪がないとも言える。

「鏑木さん、酒と女というのは長く続くものではない。このところ、わしもめっきり弱くなった。酒もそれほどうまくねえし、女もあまりいいとも思えなくなった。むかし黒鍬でいたころは、酒にも女にも飢えていた。飢えていたときのほうがよかったような気がする。酒はうまかったし、女ももっと美しく見えていた。それにつけても上さまは、ということになるのかな。鏑木さん、そろそろいいんじゃないのかい」

と言って後ろの襖を指さした。

立って襖を開ける。お紋は夜具の上に坐っていた。兵庫は脱ぐ。それをお紋が手伝う。

「あたしのような女でいいんですか」

「浪人のわしがきれいな体であるわけはない、お紋さんでももったいないくらいだ」

夜具の上に坐るとお紋が抱きついて来た。さきほど将監が摑んだ乳房を手に包み込んで揉み上げる。お紋は、ふん、と鼻を鳴らした。

見ると襖が細目に開いている。将監が覗《のぞ》いているのだ。なるほど、こういうことだったのか。兵庫は軽く笑っただけだった。

お紋は股間に手を入れて来た。そして一物を握る。

「ふふっ、うれしいよ」

と言った。

三

賭場に入る。まだ、客たちが赤くなったり青くなったりして丁半に張っている。賭場ほど喜怒哀楽の激しいところはない。それだけに部屋の空気はピンと張りつめている。この空気が好きで通って来る者もいる。

蟹丸の手もとを覗き込む。調子がいいらしく、駒《こま》が集まっていた。その駒を胴元で金に替える。蟹丸は五両ほどを手にした。小銭は胴元に押しやった。

「有難うさんで、また遊びにおいでなさいまし」

とそこに坐っていた男が言う。まさにやくざの賭場だった。当時は旗本の屋敷で賭場を開くというのは稀《まれ》ではなかった。武家屋敷には、町方の手が入らないのだ。

蟹丸は五両のうちから、二両を兵庫に返した。

「蟹丸さんは、博奕《ばくち》がうまいのか」

「なんの、ただついていただけだ。今日はたまたまだ」

「ときどき遊びに来るといい。何かあったらわしの名を出せばいい」

外へ出る。外はもう薄闇になっていた。

「蟹丸さん、ご妻女を探すだけではつまらんな。生きているうちは楽しまなければ。もっとも楽しみすぎて腎虚《じんきょ》になったんではつまらんがな」

「それほどの女はいない」

蟹丸は本所《ほんじょ》の奥のほうに住んでいると言った。須田町《すだちょう》の通りへ出るとそこで別れた。兵庫は銀町の住まいにもどる。住まいの前に転がっていた死体はきれいに片付けられていた。

家に入って行燈《あんどん》に灯を入れる。そして火鉢の灰をあさる。火種は消えていた。それを改めておこす。紙に火をつけておいて、薄板に火を移す。そのあとに細木を乗せる。その上に炭を置くのだ。炭に火がつくまでには時間がかかる。その上に鉄ビンを乗せる。鉄ビンがシュンシュンと音をたてるようになるまでこれまた時間がかかる。

だが、どうしても茶が呑みたいのだ。

お紋はいい女だった。いい女といってもいろいろある。将監が言うように、好きものだった。体つきは細く痩《や》せていた。それなのに乳房は手に余る大きさで柔らかい。乳首ははじめからピンと立っていた。好きなだけに感度もいい。一物を口に咥《くわ》えることからはじめ、男の腰に跨《また》がって来た。そしてしきりに腰を弾ませる。

それを将監が覗いていた。そうするしか楽しみがないようだ。自分で女をその気にさせる力がない。体をいじり回すだけでは、女はいやがるのだ。

ようやく湯が沸いた。それで茶を淹《い》れる。茶はうまかった。この瞬間だけ生きているような気がする。

翌朝、辰巳屋《たつみや》の小僧がとんで来た。内儀と娘が花見に行く、それについていってくれ、というのだ。花見に行くのに用心棒を連れていくのだ。大事な一人娘らしい。虫がつかないようにと用心棒をつける。

用心棒は兵庫の本職である。金はあった。だが、せっかく来た仕事を断ることはなかった。

隣のお種が朝飯を運んで来る。小僧は上がり框《がまち》に坐って待っていた。頼んだだけで帰るようなことはしない。兵庫を店まで連れていくのが小僧の仕事なのだ。

飯を掻《か》き込んで家を出る。辰巳屋は須田町通りにある古着屋である。古着屋と言っても軽蔑《けいべつ》はできない。客はたくさん入っている。ちゃんとした呉服屋よりももうかるのだ。江戸の町人たちは、着物を買うにも呉服屋には行かない。古着屋で充分間に合うのだ。呉服屋に行くのは身分のある侍とか金持の商人あたりだ。

辰巳屋に着くと、内儀と娘が待っていた。

「お願いしますよ」

と辰巳屋清右衛門《せいえもん》が言う。内儀と娘が歩いていく。兵庫はそのあとを歩く。娘はお袖《そで》という。十七歳だ。番茶も出ばなと言う。一番いい年ごろかもしれない。一応は見られる娘だった。辰巳屋は娘に婿を迎えるつもりのようだ。

二人が向かったのは、本郷の麟祥院《りんしょういん》だった。綱吉には祖母に当たる春日局の菩提寺《ぼだいじ》である。境内には五千本の桜の木がある。江戸名所の一つである。

須田町通りから八辻《やつじ》ヶ原《はら》へ出て昌平橋《しょうへいばし》を渡る。そして本郷通りに入る。百万石の加賀《かが》さまの屋敷の手前から右へ折れてしばらく行くと麟祥院である。

加賀屋敷のあたりから人が多かった。花見に行く人もどる人、路地は人であふれていた。多くの花見客をあてにして屋台の店が並んでいる。

兵庫は二人を見失わないようについていく。内儀と娘の間をへだてる者がいると押しのける。

境内には人が群れていた。桜の花は散りかけていた。桜の花は、三分咲き、七分咲き、満開、そして散りぎわ、とそれぞれに趣《おもむき》がある。

花弁がハラハラと、まるで牡丹雪《ぼたんゆき》のように散っている。散ってしまえば葉桜になる。葉桜もまたいいものだ。木の下は緑色に染まり華やかさのあとの静けさがある。

弁当を食っている人たちもいる。花見酒をたのしんでいる者もいる。輪になって踊っている人たちもいる。花は見るものと、ぐるぐる回っている人も多い。人の流れができている。

多くの人の中には、ごろつきもいる。掏摸《すり》もいる。浪人の姿もあちこちにあった。弁当を広げていると、さっとかっぱらっていく。

若い遊び人風の男がお袖のそばに寄って来た。そして囁くように言う。

「辰巳屋のお袖さんだね。むこうに富田屋《とみたや》の若旦那《わかだんな》が来ていなさる。ご一緒にどうですかね」

ニヤニヤと笑う。兵庫はその男の衿を摑んだ。そして拳をその顔に叩き込んだ。男はふっとんだ。

もう一度、男の衿を摑んで引き起こす。

「あっしは何も」

「わしは、辰巳屋の用心棒だ。その富田屋の若旦那というのはどこだ」

「あっしが何をしたというんです」

もう一度、右拳で男の左顔を殴った。

「か、かんべんしておくんなさい」

「若旦那はどこだ。案内しろ」

男は歩き出した。顔は腫《は》れ上がっている。男はあっちだと言った。地面に茣蓙が敷いてありその上ににやけた青白い町人が坐っていた。四人の取り巻きがいる。一目で若旦那とわかった。

「富田屋の若旦那というのはおまえか」

「何も悪いことは、一緒にどうかと誘っただけで」

「にやけた野郎だよ」

手を伸ばし、若旦那の衿を摑んで引き起こした。若旦那の体が浮き上がった。

「わしは辰巳屋の用心棒だ。お嬢さんに手を出すな。いいか」

「は、はい」

と言うのを、若旦那の顔にも拳を叩き込んだ。若旦那はひっくり返り、ヒーッと叫んだ。

そこにヌーッと浪人が姿を見せた。

「おまえは何だ」

「わしは富田屋の用心棒だ」

「その浪人、叩っ斬ってくれ」

と若旦那が黄色い声で叫んだ。

「なるほど、用心棒同士か」

「叩っ斬ってやる」

「こんなところで刀を抜くのか」

浪人が刀柄に手をかけた。その手もとにつけ込み、手首を押さえ、顔を続けざまに殴りつける。

「おのれ、何をする」

と体をゆするのに、兵庫は膝《ひざ》で股間を蹴《け》り上げた。

「ギャッ!」

と叫んで、そのまま気絶してしまった。

「弱い用心棒だな。もっと強いのを雇え。どうもその若旦那面が気に入らない」

もう一度衿を摑んで引き上げると、顔の同じこめかみのあたりを殴る。ヒーヒーと叫ぶ。

叫ばなくなったと思ったら、これも失神していた。

四人の取り巻きは手も出せなかった。背を向けてお袖のところにもどる。あるいはお袖は富田屋の若旦那と遊びたかったのかもしれない。もう十七歳である。

「あんなにまでしなくても」

とお袖は頰を膨らませた。

辰巳屋清右衛門は、お袖にいやがらせをする男だけでなく、お袖が興味を持つ男も寄せつけては困るのだ。これが用心棒の仕事だ。だが少々やりすぎたのかもしれない。

若旦那の一行は、花見どころではなくなった。気絶した若旦那を取り巻き連中が介抱する。顔は腫れ上がって内出血していた。それでもどうにか気がついた。

兵庫はお袖と内儀のあとを歩く。若旦那は浮かれてついお袖に目をつけたのだ。用心棒がついているとは知らなかった。

お袖は、もう帰ると言い出した。いまの騒ぎで、花見の気分もなくなったのだろう。ぐるっと一周りして参門に向かう。

「キャーッ」

と女の悲鳴がした。振り向くと、さっきの若旦那の用心棒が刀を抜いて走ってくる。それを見て兵庫も刀を抜いた。

「死ななかっただけもうかったとは思えんのか」

「おのれ、わしをこけにしおって」

「こけにされても生きているほうがましだろう」

周りの花見の客が輪をつくる。花見よりも斬り合いのほうが面白いのかもしれない。花を見て斬り合いを見て、弥次馬たちはもうかったという気になる。

浪人が刀を振り上げた。兵庫も同時だった。そのまま斬り下げる。兵庫のほうが一瞬早かった。浪人は左肩を深々と斬り下げられ、体をぶるると震わせた。同時に左腕も斜めに切断されていた。

「雉子《きじ》も鳴かずば打たれまいに」

と呟いて刃を拭《ぬぐ》った。刀を鞘《さや》にもどして歩く。内儀とお袖は本郷通りで待っていた。

「斬ったんですか」

「斬りつけられたのでね」

「ちっとも面白くない」

とお袖が言った。

「用心棒ですからね。それに斬らなければわしが斬られる。面白くなければ、用心棒などつけなければいいんです。用心棒を頼まれれば、あのようなことになっても仕方がない」

昌平橋のところまで来ると、

「もう用心棒はいらない」

と言ってお袖は小走りに橋を渡っていく。

「では、これで」

と言って兵庫は足を止めた。内儀も会釈《えしゃく》して去っていく。おそらくお袖は若旦那とお喋《しゃべ》りでもしたかったのだろう。すでにさかりのついた年ごろだろう。清右衛門の一番怖れるところである。そのための用心棒だったのだ。

若旦那も、ごろつきに言いがかりをつけられるのがこわくて用心棒を連れて来ていたのだ。

少しもどると神田明神の石段がある。その石段を登った。境内には参詣の人が多かった。天気もいい、気分がいいのでみんな出て来る。花見に、神仏への参詣に。境内にも何本かの桜の木があった。やはり花が散っている。

一方には、茶屋が並び、茶屋女たちが客を呼んでいる。これも神田明神の風物なのだ。ここの、茶代は安くはない。茶屋女には美人を揃えてある。茶代も高くなるはずだ。

女たちの黄色い声に誘われるように、緋毛氈《ひもうせん》のかけてある床几《しょうぎ》に坐る。

「おいでなさいませ」

と女は言う。

「茶は濃く淹れてくれ」

と言う。こういう店で使っている茶も狭山茶である。香りがよくて味もいい。だが、一番茶だけである。兵庫のそばに持って来て急須で茶を注《つ》ぐ。色濃く出ていた。茶碗を鼻先に持って来た。いい香りである。

兵庫は女を見て頷《うなず》いた。女もまた笑いかける。

「名は」

「お藤《ふじ》です」

「茶もいいが、お藤さんもいい」

「ありがとうございます」

と頭を下げて去っていく。その後ろ姿を見る。よい尻の形をしていた。

侍が来て、隣に坐った。兵庫は首をひねった。

「北町奉行所の与力、田沢善三郎《たざわぜんさぶろう》でござる」

「それで」

「お奉行が気にしておられる。柳沢さまのお屋敷には行かれなかったようで」

柳沢の屋敷を見張っていたのか。

「そうか、忘れておった」

「忘れていただけるのか」

同心の柏木新兵衛のことも、岡っ引の伝吉のことも。

「忘れていただければ、お奉行も感謝される」

「ことがあれば、わしのためになってくれるということだな」

「そういうことです」

「だが、わしを襲った十数人の浪人はどうなる。ただの斬られ損ということになるのか」

「そうなりますな。浪人は人ではございませぬ」

「そういうことになるのか」

「では、受け取っていただけますな」

善三郎は紙に包んだものを差し出した。手に受けた。五両が入っていそうだ。

「お奉行もケチだな」

「不足でござろうか」

「いや、不足はない。こんなものだろう。お奉行によろしく」

「よろこばれます」

善三郎は茶も呑まずに、一礼して去っていった。北条安房守のことは忘れていた。兵庫が五両の金を受け取らなければ、また浪人を使って襲いかかって来るだろう。面倒が一つはぶけたということになる。

「五両では安すぎたな」

と苦笑する。

茶代をそばに置いて立ち上がる。お藤が出て来て、

「また、おいで下さいませ」

と言った。妖しげな目つきをする。このような目で客を誘うのだろう。境内を渡って石段を降りる。左手に昌平橋が見えていた。橋のむこうから二人の侍と女が走ってくる。その後ろから七人の侍が追ってくる。

二人の侍は足を止めて刀を抜いた。逃げきれないと知ったのだろう。女だけはそのまま逃げて来る。そして兵庫を見ると、

「お助けを」

と言った。旗本か大名屋敷の侍女だろう。

二人の侍は、七人の侍に囲まれて鱠《なます》のように斬り刻まれて、たちまち血だらけになる。二人の侍が倒れるととどめを刺した。

バラバラと侍たちが兵庫に向かって走って来た。

「その女をこちらに渡せ」

と侍が言った。

「いやだと言ったら」

またここで何かの争いにまき込まれることになる。

「斬る」

「わしが斬れるのかな」

兵庫は刀を抜いた。

いきなり一人の侍が刀を振りかぶった。そして一歩を踏み込んで斬りつけて来る。だが間合いが足りなかった。剣尖《けんせん》は兵庫の胸先五寸あまりのところを掠《かす》めた。ずいぶん間があきすぎた。そのために兵庫も一歩踏み出さなければならなかった。侍はハッと顔を上げて兵庫を見る。兵庫は無造作に刀を薙《な》いだ。侍の顔が凍りついた。白い首筋に赤い糸が巻きついた。その糸が太くなる。それが赤い玉になって滴《したた》る。その中から赤い泡がぶつぶつと湧いて来た。気管を裂いたのだ。ぼこぼこと泡が出て血が流れはじめた。

兵庫は、そのときにはすでに二人目の前に立っていた。その者は刀を正眼に構えていた。

そこから、

「キエーッ」

と叫びを上げ、一歩踏み出しながら刀を振り上げる。兵庫は胸のあたりを薙いだ。剣尖三寸ほどが肋骨《ろっこつ》の間に入り、水平に裂いていく。ちょうど心臓を裂いた。一瞬おいて、まるで竜吐水《りゅうどすい》のように血が噴き出した。

三人目が刀を水平にして突いて来る。突きは狙《ねら》ったよりも三寸ほど上に刺さることになる。腹を狙って胸に刺さる。兵庫は体をひねって侍が目の前を走り去るところを首の下に刃を入れた。

ほんの少し刀を引くだけでよかった。侍の体は前に走っていく。そこに首だけが残り体は走り去っていく。その後ろにいた味方の侍に抱きつくような形になった。とたんに血が噴き出し、侍はその血を顔でまともに受けた。

「ウオーッ」

と声をあげた。首は地面に落ちて転がった。地面はいくらか坂になっていた。首は止まらずにごろごろと転がっていく。

「あんたたちにはわしは斬れん」

と言ったとたんに背中から斬りつけてくる。兵庫はその侍の動きはわかっていた。振り向きざまに薙いだ。剣尖三寸が腹に入り、水平に裂いた。これが四人目だった。一人は顔に血を浴びて、目が見えなくなっている。まともに残っているのは二人だけである。腹を裂かれた侍は、兵庫のそばを走り抜け、振り向いたところで、おのれの腹の異常を覚え、ギョッとなった。

振り向くときに体をひねった。それで腹が開いたのだ。腹の中に押し込められていた臓物が出口を求めて出て来る。

侍は、目を剝《む》いておのれの腹を見た。白い腸《はらわた》がどろっと流れ出て来た。スーッと顔から血の気がなくなり青ざめる。

「どうする、仲間が斬られては逃げられんだろうな、武士道に悖《もと》ることになる。それとも助かりたいか。卑怯《ひきよう》と言われても生きていたほうがいいか」

兵庫は人を斬るときには鬼になる。人ではなく鬼になったほうが斬りやすい。ためらいはないのだ。非情になることができるのだ。妙に情を持つと、おのれが斬られることになる。

「どうした、斬りかかって来い。仲間四人が斬られた」

と言いながら、血を浴びてうろうろしている侍を雁金《かりがね》に斬り下げた。刀は斬れる。剣尖は腰骨に触れていた。左肩からそこまで斬り下げたのだ。

肩が左腕の重さで開いていく。肩から着物がめくれて、肩を剝き出しにした。裂けた肉が見えた。白身の魚の刺身のような色をしていた。

まだ血が出るまでには余裕がある。肉は裂かれると収縮する。そこに切断された鎖骨や肋骨がまるで白い粒のように出て来る。肋骨の中に空洞があった。肺である。肺がぽっかりと穴を開け、その下に臓物が顔をのぞかせる。臓物は白くない。薄い桃色に見えた。

侍は体の半分を削られて、バタンと倒れた。それから血が流れ出した。まだ心臓は生きていて血を送り出してくる。

残った二人の侍も青ざめていた。いかにも無惨な斬り方だ。まるで人の体を大根のように斬る。臓物のある大根だ。

二人は逃げるに逃げられない。

「どこの者だ、と聞いても喋るまいな。旗本か大名か、何か喋れ」

二人は全身をキリキリに緊張させていた。正眼に構えてはいるが、すでに動けなくなっている。時間が経てば、構えたままぶっ倒れるだろう。

緊張はそれほど長くは続かない。兵庫が怖ろしいのだ。一人が、

「ギャーッ」

と叫んだ。叫ぶことによって体が動く。正眼から一歩踏み込みながら剣尖を上げる。まるで踊りの所作のように見えた。上段から斬り下げる。

兵庫はゆっくり体を移動させる。侍は動き出したら止まれない。第一、刀が止まらないのだ。目の前に兵庫の姿がないとわかっても、刀は下がっていく。

体も前につんのめっていく。止めようがないのだ。刀の切っ先は、そのままおのれの足指を削る。これは痛い。思わず叫ぶ。

兵庫は、侍のうなじのあたりを斬っていた。そこには首骨がある。骨が切断された。首から下の体が動かなくなる。

侍はバタリと這《は》って動かなくなった。だが脳は生きている。意識はあるのだ。七人目の侍も叫んだ。

「ギエーッ」

体が動いた。斬られるとわかっていながら斬り込む。仲間六人が斬られた。おのれだけ助かるわけにはいかない。これが侍のつらいところだ。

侍の頭の中には、二十五、六年ばかりの出来事が走馬燈のように走ったであろう。

侍は上段まで刀を振り上げた。目の前に刃が閃《ひらめ》いた。

そのまま兵庫に斬りかかる。兵庫は目の前にいた。斬ったと思った。血を噴いて倒れるのを見た。斬ったのだ。なんだこんな簡単だったのか。

だが、兵庫は倒れない。血も流れない。少しおかしいなと思う。もう一度斬りつけようとする。刀を振り上げる。腕には刀柄を握った感触がたしかにあった。刀の重さも感じている。

何かにつまずいた。そんなことにはかまっていられない。足に痛みを感じた。刀を踏んづけたのだ。

「いたた」

と叫んだ。

兵庫は刀を拭っていた。たしかに斬ったのに。斬った感触もあった。傷ついた足に触ろうとした。そこでおのれの腕がないことに気付いた。肘《ひじ》から先の腕がなかった。踏んづけたのは自分の刀だったのだ。

侍は目を剝いた。両腕を失っていることにはじめて気付いた。肘のあたりからは血が流れ出している。

侍は坐り込んだ。すぐに血を止めれば命だけは助かるのだろうが、両腕がなくてはどうしようもない。血を失って死んでいくのだ。侍はむしろどこかで安堵《あんど》していた。みんなと一緒に死ねるのだ。

また、頭の中で走馬燈が回りはじめた。二十五年を生きたおのれは何だったのだろうと。

兵庫は、女をうながして歩き出した。

「名は何という。わしは鏑木兵庫だ」

「津香《つか》と申します」

「それで、なぜ追われていたのだ」

津香は黙った。

「あんたのために、少なくとも九人は死んだ。一体何があった」

「申し上げられません」

「そうか、言えぬか。無理に聞くことはできんな。それで行くところはあるのか」

「ありません」

「親元とか、知り合いのところとかあるだろう」

「ありません」

「たとえあってもそこへは行けない、ということだな」

津香は頷いた。美人ではないが、品らしきものはあった。姿形はいい。二十二、三か。

「だとすれば、わしの住まいに来るしかないな」

津香はうつむいた。

助けてやったものの、あつかいに困った。住まいに連れ帰るのはいい。それで二、三日はどうにかなるだろう。だが、そのあとだ。

侍たちは津香を斬ろうとしていた。七人の侍が斬られただけではすまないだろう。いずれは探し出される。

兵庫がいつもそばについていてやるというわけにはいかない。とりあえずは銀町の住まいにもどった。隣の大工の女房に、夕食は二人分作ってくれるように頼んだ。

火鉢にはまだ火が残っていた。炭をつぎ足す。鉄ビンの湯もぬくい。沸くのにそれほど時間はかからないはずだ。

「どうするつもりだ」

「わかりません」

「この家も安全なところではない」

「わたし、死んでもよかったんです」

「それは言えないだろう。昌平橋の上で二人斬られ、わしが七人を斬った。あんたのために九人が死んでいる。死んでもいいものならなぜ逃げた。九人のためにも、あんたは生きなければならんのだ」

沸いた湯で二人分の茶を淹れる。

「鏑木さまは、どういうお方ですか」

「見た通りの、ごろつき浪人だ。用心棒などして、何となく生きている」

「凄い斬りようでした」

「この腕があるから生きていられるようなものだ」

「寒気がするような斬りようでした」

「あの際、わしは逃げてもよかった。だが、わしが逃げれば、あんたは斬られていた。斬られてもよかった、そういう言い方は止《ゃ》めてもらう。九人の侍は無駄に死んだことになる」

　兵庫は、茶をすすった。

第三章　助けた女

一

生類憐みの令は、貞享四年に発せられた。綱吉は老中たちを召して申し渡した。

「犬をこれまでのように無慈悲にあつかってはならぬ。万一違反した者は厳罰を申しつける」

更に、綱吉は、

『武家、町家を問わず、飼犬ある者は、その雌雄《しゆう》、毛色、年のほどを委細書き記して届け出させよ』

老中たちは奇怪なる上意と思ったが、綱吉の言うことに反対はできない。老中たちはその趣《おもむき》を天下に布告した。

それを見た妖僧隆光は、

「飼犬だけで野良犬は放ってある。主なき犬も同様に憐れむようにご沙汰《さた》を願いたい」

と桂昌院に言上《ごんじょう》する。桂昌院はそれを綱吉に告げる。

老中たちは再び呼び出される。

「飼主なき犬も同様に憐れみ取りあつかうべきに、飼主ある犬ばかりを憐れみをもって取りあつかうことは言語道断！」

と怒った。老中たちはびっくりした。綱吉は諌言《かんげん》する者を除《しりぞ》けた。だから、誰も諌言しない。それで老中たちは急いで再度の触れを出した。

『犬の毛色、雌雄、年齢など届け出の儀、最前は飼犬と申し触れ候《そうら》えども、右は年寄共、ご趣意を伺《うかが》い誤りにて、飼犬は申すに及ばず、たとえ主なき犬に候えども、諸事飼犬同様、相《あい》心得申すべきこと』

この布達《ふたつ》を見た庶民たちは、何事がはじまるのだろうか、とただあっけに取られるばかりであった。

それ以来、町々では野良犬も飼犬となった。子が生まれれば出産届、死ねば検死を受けて埋葬することになる。

そのあとすぐに『みだりに鳥獣を放つことを禁ず』という令が出た。当時、牛馬など病めるのを捨てる風習があった。それも禁じた。

山野の鳥を飼養《しよう》すること、鶏《にわとり》を飼うこと、また殺して食うこと。いけすに魚を飼うこと、犬猫鼠《ねずみ》猿などに芸を教えて見世物にすること、鶏、鰻《うなぎ》、泥鰌《どじよう》、貝類を飼育し売買することさえも禁じられた。

最も悪いのは、令を破った者を密告すれば褒美《ほうび》を与えるということだった。庶民の間からも密告する者が相次いだ。

この令で、多くの者の生計が成り立たなくなった。まず、漁師、魚屋、それにたずさわる者、料亭、料理屋も魚がなければ、客に料理も出せない。次に猟師、肉屋、皮革屋、皮製品が江戸の町からなくなった。

小鳥屋がなくなる。鳥籠《とりかご》もなくなる。もちろん釣もできない。となると舟宿の客も少なくなる。さまざまな職業がなくなる。

老中、その他の重臣たちも眉をひそめたが、何も言えない。諫言して悪くすれば切腹ということになりかねない。

それでいて綱吉自身は、魚を食い、肉を食っていた。生類憐みの令の因《もと》は、将軍家に男子が生まれぬことだった。子を女に孕《はら》ませるには、綱吉自身が精をつけなければならない。野菜だけでは精がつかないのだ。

城の中では鳥肉や魚は食いにくい。それで御成御殿で食うことになる。だから将軍は御殿に通うことになる。目的は女だけではなかった。

もっともいかに精をつけても荒淫では女が孕むことはなかった。

令のために罪人になった人も多い。

城中の台所頭の天野《あまの》という侍は、くりやにまぎれ込んだ猫が井戸に落ちて死んだ、それを助けなかったために、八丈島《はちじょうじま》に流された。

小石川《こいしかわ》御殿番の保泉《ほいずみ》市右衛門《いちえもん》の仲間が犬を斬ったかどで、やはり八丈島に流され、主人も家禄《かろく》を召し上げられた。

城中の持筒頭、水野藤右衛門元政《みずのとうえもんもとまさ》の部下の同心が、門の上にとまっていた鳩《はと》に石を投げつけたところを見つけられ、元政はその日のうちに免職、組下一同は扶持《ふち》を召し上げられた。訴人した下郎は譜代に取りたてられた。

中奥小姓、秋田季久《あきたすえひさ》の用人の倅《せがれ》十三歳が、その家の茶坊主と遊んでいて、吹き矢でツバメを射た。それを訴人され、茶坊主は斬罪《ざんざい》、子供は神津島《こうづしま》に流された。

町人たちには迷惑だった。犬を縄でつないでおくことも禁じられた。犬は勝手に歩きまわる。そしてどこかにいなくなる。これも責任になる。それで町人たちはよそから似たような犬を連れて来て補充する、ということまでやった。

この話が隆光の耳に入った。隆光はさっそく桂昌院に告げる。そして綱吉から令が出る。

『犬見えざる時は、いずれよりか他の犬を連れ来り、数を合わせおき候よし相聞え候。右にしては生類憐みのご趣意に相反《そむ》き、ふちらの至りに候。今後、犬見えざる時は早々に訴え出て、なるべく尋ね出すよう致すべき候。もし相知れざるにおいては、その趣訴え申すべく』

厳重な触れが出た。

無茶な話である。鎖でつないでおけばよいものを、つないではならぬという。犬はどこへ行くかわからない。犬には町内なんてわかるわけはない。届け出た犬の数は揃《そろ》っていなければならないのだ。

また、主なき犬に食を与えない者がいる、と訴えられると吟味《ぎんみ》を受けなければならないという。

そのころから犬役人が横行しはじめる。わが物顔で、市中を歩き回り、文句をつける。文句をつけられた町人や商人は、犬役人に袖《そで》の下を握らせるしかない。

これらの犬役人や犬番の者は、犬という字を大きく染め抜いた羽織やハッピを着て歩いた。一日、一町を回れば五両ほどにもなったという。もっとも町の人たちは、こういう者がいたほうが安心である。たいていは金ですんでしまうからだ。

元禄二年七月には、筑前福岡《ちくぜんふくおか》の支藩、黒田長清《くろだながきよ》の家来が犬に怪我をさせたということで罰せられ、主人長清も一時謁見を停止された。

その十月には、評定所に飼ってあった犬どもが嚙《か》み合いをした。それを分けようとした坂井政直《さかいまさなお》は犬を殺してしまった。正直は閉門になってしまった。

重造《しげぞう》という男が、死犬を石田甲斐《いしだかい》という旗本の塀の中に投げ込んだ。女たちが死犬を見て騒ぐ。甲斐は死犬を庭の隅に埋めた。

重造は目付まで訴え出た。

「犬を殺して埋めるのを見た」

と言うのだ。

目付は、重造を連れて、石田甲斐の屋敷にやって来る。

「犬はどこに埋めた」

「へい、そこの隅でさ」

だったら掘ってみろということになった。重造が掘って見たが死犬は出て来ない。

「どこかに埋め替えたのだ」

と叫ぶ。

「おまえは、そこに埋めたことをどうして知っている」

「その塀の上から見ていたんで」

「殺して埋めたのか」

「そうだよ、犬を殺すのも見た」

「死犬が見つからなければ、何の証《あかし》もない」

「どこかに埋めてあるはずだ」

とわめく。すると家の中から犬医者が出て来た。台の上に死犬を乗せてある。

「あっ、あの犬だ」

と指さす。

「たしかに犬を殺して埋めたのだな」

「はい、たしかに」

犬医者は言った。

「この犬は、四日前に死んでおります」

重造は目を剥《む》いた。

「犬を殺したのはおれじゃねえ」

と叫んで逃げ出そうとする。目付が捕らえた。重造は、石田甲斐を恨んでいる旗本に頼まれたのだ。

屋敷内の女の中に重造に内通した女中がいる。女中は甲斐が庭の隅に死犬を埋めるところを見て、重造に知らせた。

甲斐は、死犬を掘り出して、犬医者を呼んだのだ。重造は死罪、頼んだ旗本は切腹、内通した女中は所ばらいにされた。

このような犬の使い方もあった。甲斐に知恵がなく、死犬を埋めたままにしておいたらただではすまなかったろう。

江戸の庶民は犬のために迷惑した。犬は畜生である。だが、人間たちが犬に怯《おび》えているのを感じる。すると犬どもは人に吠《ほ》えかかり咬《か》みつく。

これに腹を立てた少年たちが現れた。いわゆるごろつき少年である。彼らは〝任俠《にんきよう》〟と名乗った。若い正義漢だったのだろう。

「たとえお上のおおせだろうが何だろうが、たわけた真似をして、諸人を難渋させるのをじっと見ていられるかい」

というわけで、犬たちを棒で叩きはじめた。叩かれて死んだ犬も二匹いた。だが、捕方に追いつめられ、あっさりと捕まった。十一人のうち犬を殺した少年二人は死罪、他は新《にい》島《じま》に送られた。

犬に関しては見て見ぬふりをしなければならない。犬に吠えかかられたら、家の中に逃げ込むしかない。

正義など通らない世の中だった。町奉行所も、人が殺されてもしゃかりきにはならない。犬が殺されたとなると必死に走り回る。

その中で生類憐みの令はのさばり、坂を転がる雪玉のように膨らんでいく。この令は当然のことながら諸大名にも及んだ。

鷹匠町を小川町に、餌差町《えさしちょう》を富坂町《とみさかちょう》と改め、人の名前に生き物の名前をつけることを禁じた。すると、竜之助《りゅうのすけ》の竜の字はどうなるか、と議論になった。丑松《うしまつ》とか虎之助《とらのすけ》などもこれに入る。

この令によって、猪《いのしし》、狼《おおかみ》、狐《きつね》、狸《たぬき》、兎《うさぎ》などがどんどんふえて畑を荒らす。家の中まで入って来たりする。これを棒で叩いて追い払えば、罪になる。

江戸市中でも、鳶《とび》や烏《からす》のたぐいが繁殖して、ついには人に害を与えるようになった。現に子供が鳶に殺されるということも再三あった。

それで幕府は、職がなくなった鷹匠たちを使って鳶や烏を捕らえさせ、鳥たちを船に乗せて八丈島や三宅島《みやけじま》に運んで放った。

その費用もばかにならない。

元禄五年十二月には、病馬を荒地に放ったり、馬の毛を摘んだために二十五人の武士や百姓たちが捕らえられ神津島に流された。

元禄六年夏ごろ、『馬のもの言い』という本が出た。そしてその話がしきりに流行した。馬、犬、狼、猪などのけものから、鳥類まで集まって、思い思いに気焔《きえん》を上げている。人間をくそみそに言っているのだ。その動物が、綱吉、大奥の実力者たち、柳沢保明、妖僧隆光に擬せられている。つまり社会諷刺《ふうし》である。

役人たちは血まなこになって、その流行を禁じ、作者を探した。石町《こくちょう》に住んでいる九州浪人、筑紫《ちくし》門右衛門《かどえもん》であった。門右衛門は市中引き回しの上獄門になった。

本所相生町《あいおいちょう》の町人孫太郎《まごたろう》が犬を斬ったのを町内の者が見つけて届け出た。その者は三十両の褒賞をもらい、孫太郎は梟首《きょうしゅ》になった。

二

鏑木兵庫は、津香を辰巳屋に連れていった。腰元のみなりでは目立っていけない。辰巳屋は古着屋である。

なるべく目立たない姿にしてやりたかった。いまさら津香を放り出すわけにはいかない。助けてやったのだから、面倒を見なければならない。

町女の着物を着せた。着ていた着物は辰巳屋に売る。売ったほうの着物が上等で、二両ほどがもどって来た。その金を津香に渡した。そして髪結《かみゆい》に連れていき、髪型を変えさせた。

これでどうにか町女らしくなった。だが、歩き方は武家女である。

「少し、酒につき合ってくれ」

と言って、小料理屋に連れ込んだ。座敷に上がって酒を頼む。津香もいくらかは呑めそうだった。

金はまだ柳沢保明にもらったのがある。なくなれば保明にまたもらいに行けばいいと考えている。なにせ命の恩人である。しかしそれがいつまで通用するかである。そのうちに門前払いになるかもしれない。

津香が酌をする。

「何か喋《しゃべ》ってくれると助かるんだが」

「わたしは死んでもいいんです」

「それを言ってはいかんな。前にも言ったが、わしの知る限りでも、九人の侍が死んでいる。津香さんが死んでは九人は犬死になる。犬死にさせてはいかんな。生きてもらいたいんだよ」

「鏑木さんにはご迷惑をかけます」

「たしかに迷惑だ。あの場合、津香さんが斬られるのを黙って見ているわけにはいかなかった。斬られるのではなく、ただ連れもどされるだけだったのか」

「いいえ、あの者たちは、わたしを斬るつもりでした。わたしを斬ればそれですべては済むはずでした。わたしは斬られればよかったんです」

「しかし、わしに助けを求めた。死にたくなかったからだろう」

「はい。女の本能でした。助かりたかったわけではありません。鏑木さんが、あれほどむごい斬り方をなさる方だとは思ってもいませんでしたので」

「わしも、つまらんことをしたものだ。助けねばよかったと思うても遅い」

料理が出て来た。コンニャクの刺身と、ひじきと刻んだ油揚げを煮たものだった。いまはこんな料理しか出せないのだ。鶏が駄目だから、タマゴも駄目になる。

ひじきの煮たものは居酒屋でも出す。これでは高い金をとるわけにはいかないのだ。

「なんで命を狙《ねら》われているのだ、と聞いても答えてはくれないな。大名か旗本か」

津香は黙った。

「あの侍たちは何者だ」

旗本だって五千石、七千石となれば、かなりの家来がいるはずだ。大名には江戸詰めの家臣たちが多い。考えてみると、大名の家臣たちではなかったような気がする。江戸詰めになって五年ほど住んでも、田舎侍はわかる。垢抜《あかぬ》けしていないのだ。

「大名ではないようだな、とすれば旗本か」

津香は首を振った。

「旗本でもないのか」

「何も申せません」

「やつらに狙われて死ぬことになるかもしれん。死ぬ前に何か話してくれぬか」

「鏑木さんには関わりのないことです」

「すでに関わっている」

津香にもときどき酌をしてやる。

何も言わぬ、何もわからぬ、これでは気になる。何のために侍を七人斬ったのか。だが、知ったとしても何もできないかもしれない。

このまま何も起こらなければいい。だが、あの侍たちがこのまま放っておくとは思われない。襲いかかってくるだろう。

せっかく助けた女だ、死なせたくはない。津香を守るのであれば、すべてを知っていたい。そうでないと心もとないのだ。

知る権利がある、と言っても津香が語らなければ何にもならない。旗本のお家騒動なのか。津香が秘密を握った。それが公《おおやけ》になるとお家の浮沈に関わる。そういうことなのか。

旗本とは限らない。譜代大名の家臣ならば田舎侍ではない。あとで聞いてみると、神田明神前の七人の死体は、すぐ何者かによって片付けられたという。旗本にしても大名にしても家臣の屍《しかばね》を野ざらしにしておくわけはない。

しまった、と思う。死体はどこかへ運び込まれる。後を追えば旗本にしろ大名にしろ、すぐにわかる。だが、あのときは、そこまで気が回らなかった。

「わたしのことは、お忘れ下さい」

「そうはいかぬな」

「でしたら、わたしは鏑木さんのもとを去るしかありません」

「行くところはなかったのではないのか」

「大川があります」

大川にとび込むと言うのだ。兵庫は、うむと唸《うな》った。死を覚悟していると言うのだろう。妙な女に関わり合ってしまった。死ぬほどに重大な問題をかかえているのか。

旗本も大名も、たいていはお家騒動の火だねはかかえている。そのほとんどは相続問題だ。相続するのは実子か庶子か、あるいは当主の弟かということになる。それぞれに家臣がついている。自分の主人がその家の当主になるかならないかは、家臣にとっては大きな問題となる。争いが生じることになるし、暗殺もある。

それが公になれば、その家はお取り潰《つぶ》しになる。そういう形を考えてみた。津香はその秘密を握っている。秘密を洩《も》らさないためには津香を殺してしまわなければならない。

例えば、若殿が暗殺された。それを知っている津香が逃げ出した。秘密にするには、津香が生きていては困る。

「若殿が暗殺された、そういうことか」

「何のことでございます」

「若殿の暗殺を隠してしまいたい。それを津香さんに見られた。盗み聞きされた。それで生かしておけなくなった」

津香は黙った。

兵庫は推理してみる。だが真実は全く別のところにあった、なんてことかもしれない。

「全く喋らないつもりか」

「ご容赦下さい」

あまり問いつめると、逃げ出すかもしれない。もちろん行くところがあればいい。だが行くところが大川では困るのだ。

小料理屋を出た。銀町の住まいに向かう。兵庫はあたりを注意した。津香が風呂に入りたいと言った。もう何日も風呂に入っていないのか。銀町の湯屋に入った。表で待ち合わせることにした。

湯は女のほうが長い。兵庫は表で待つことになるのだろう。兵庫もまた、このところ湯には入っていない。

裸になって流しに降りる。体を流しておいてざくろ口をくぐる。中は暗い。そこに湯舟がある。湯舟の中に体を浸《ひた》す。暗くて湯気がもうもうとしている。

この湯気を逃さないために、ざくろ口が降りている。すぐそばに人がいてもわからないほどだ。湯気をためるのは、人の体の垢をふやかすためだ。垢もふやければ手で擦《こす》ってもボロボロと落ちる。

津香のことをどうしたらいいのか、と思う。いずれは銀町の住まいも見つけられるだろう。

「よけいなものを背負ったものだ」

津香が喋ってくれれば、助け甲斐《がい》もある。それが全くわからない。口の堅い女だ。敵もそれを知っていれば、なにも命を狙うことはないのだ。

もっとも女というのは簡単に気分が変わる。急に喋り出すかもしれないのだ。相手はそれがこわいのだろう。

流し場に出て垢をこする。やはりボロボロと垢が落ちる。手が届くところだけだ。この湯屋には垢すりが何人かいる。それを頼んでゆっくりしている暇はなかった。

津香が先に出れば斬られる。そんな思いもある。だが、敵はまだ兵庫の身元はつきとめていないはずだ。

七人とも斬った。兵庫がどのような浪人かはわからないはずだ。江戸は狭いようでも広い。兵庫を探し出すのは困難だ。敵は津香の顔は知っている。あてはそれだけだ。それでも侍たちは必死になって探し回っているのか。

もしかしたら、津香のことは諦《あきら》めたのかもしれない。そうであってくれればよいのだが。

だが、兵庫は津香と一緒に暮らすつもりはない。これまでにも、女は住まいに入れなかった。

女を家に入れると、その女が人質にとられたとき、兵庫は動けなくなる。そのまま死につながるかもしれない。

共に住めば情も生じるだろう。人質にとられたとき、それを無視することはできないのだ。

「津香には死んでもらったほうがいいのかもしれない」

と思って首を振った。せっかく助けた女である。死なせるわけにはいかないのだ。死なせたくない。

兵庫は湯屋を出た。そこで待つ。

湯上がりの体に夜風は快い。まだ夜気は冷たい。寒いというほどではないにしても。それほど垢を積もらせていたつもりはないが、垢を落としてみると、何か肌着一枚を脱いだような気分だ。

浪人が風呂にはいらないのは、金がないから、面倒だからだけではなかった。垢を落とせば寒いからだ。夏になって暑くなれば川などに入って垢を落とす。夏でも垢を落とすと風邪を引いたりするものだ。

津香が出て来た。女の湯上がり姿というのは色香がある。女としての一応の肉はつけている。尻の位置が高かった。ずんぐりむっくりした体つきではなかった。

家にもどると、例によって茶を淹《い》れる。茶を呑んで、あとは寝るだけだ。夜具は一つしかなかった。それを二つに分けて畳の上に寝ることになる。

「ここにいつまでもいる、というわけにはいかぬ」

「ご迷惑でしょうか」

と津香は哀しげな目をする。

「そういうわけではない。いずれはここもつきとめられる。津香さんを追っている者たちが、七人を斬られて諦めたとは思えない。諦めると思うか」

「諦めません」

「そうすれば、いずれはここもつきとめられる。そういうことだ」

「抱いて下さい」

と言った。それは予期していた。わざわざ風呂に入ったのだから。

「わしへの礼のつもりか」

「それもあります」

「それもいいだろう」

二つに分けた夜具を一つにした。津香は下着姿になって夜具に入る。そのあとから兵庫も下帯を解いて夜具に滑り込む。津香がしがみついて来た。

兵庫への礼の気持もあったのだ。彼女としては恩に報いる方法は自分の体しかなかった。だが、それだけではない。淋しさもあり、命を狙われる怖ろしさもある。

大川に身を投げてもいいという覚悟はできている。だが、死にたくはないのだ。死ぬにはまだ若すぎた。

抱き寄せて背中から尻を撫《な》でる。快く肉をつけていた。津香は足を絡めて来た。仰向けにして衿《えり》を開く。白い乳房があらわになった。膨らみも快い。いくらか手に余る大きさだった。その乳房を手で包み込む。

「あーっ」

と声をあげた。

「父親は」

「御家人《ごけにん》です」

御家人の娘か、それで奉公に上がっていた。その奉公先が問題なのだ。そこで何かが起こった。それを見てしまった。あるいは聞いたのか。

津香にも味方はいた。昌平橋の上で二人の侍が斬られて死んでいる。

「父の家に逃げ込めば、父も斬られることになる」

「はい」

と言った。どこにも行くところがないというのは、そういうことなのだ。津香が行きそうなところは調べられている。

乳房を揉《も》まれて、うーっ、と声をあげた。

三

翌朝——。

辰巳屋から使いが来た。用心棒の使いだ。まさか、津香と二人で家の中に閉じこもっているわけにはいかない。たしか辰巳屋は今日は集金に歩く日だった。集金というのは金が集まることだ。それだけに狙われやすい。

津香のことが心配だが、仕方がない。金はあるが、用心棒の仕事は止《や》めるわけにはいかない。できるだけ外には出ないように、と言って住まいを出た。

辰巳屋では清右衛門が待っていた。

「頼みますよ」

と言って歩き出す。兵庫はそのあとを歩く。辻斬りや強盗が出たときには、清右衛門が後ろに退《さが》り兵庫が前に出る。打ち合わせはしていないが、自然にそうなる。兵庫が前になって歩くこともある。

津香のことが気になっていた。昨夜の津香はけんめいにしがみついて悶《もだ》えた。怖ろしかったのだろう。兵庫が七人の侍を斬るのを見ているだけでも怖ろしかった。当然、自分の命が狙われていることも怖ろしい。

覚悟はできていても、死ぬとなると怖ろしい。いつ斬りかかられるかもしれないのだ。

御家人の娘だった。町家の娘でも行儀見習いということで奉公に出る。身分の高い旗本ならば親たちも自慢にする。それが娘の結婚条件にもなるのだ。

綱吉の愛妾《あいしょう》お伝の方は、黒鍬者《くろくわもの》の娘だった。美しかったので人を通して奥女中となった。そして綱吉の目にとまった。館林のころである。

綱吉が将軍となってからは、江戸城大奥の実権を握った。女はどう転ぶかわからない。女が美貌ならば、身分は問わないのだ。美しくて運が強ければお伝のようになる。いかに美しくても運がなければ、ただの黒鍬者の娘で終わってしまう。

兵庫は津香のことを思いながら歩いていた。顔は美人とは言えないが、体つきはよかった。下品でもなかった。下品な女は毛が濃い。津香の毛は薄かった。

抱いてやれば、何かを喋るか、と思ったが、やはり何も語らなかった。秘密は死ぬまで、胸に抱いているつもりなのだ。なぜ、そのように頑固なのかわからない。おのれの命より大事なことなのか。

もちろん、津香の話を聞いても、何かしてやれるというのではなかった。

音羽《おとわ》のあたりを歩いていた。護国寺がある。古着でもツケで買う者は多い。その金を取り立てて回るのだ。古着と言ってもピンからキリまである。着物は一度腕を通せば古着である。だから、新品同様のものも多い。汚れていなくてもそのままは売らない。洗い張りしてから店に出す。

売った津香の着物もそうだ。洗い張りすれば新品同様になるし、高く売れる。着物を売りに来る者も多い。それを洗い張りして店に出す。呉服屋などよりも客の出入りは多いし、もうかる。

清右衛門が集金している間は、兵庫はぼんやり表で待っている。上野へ回る。兵庫はついて歩くだけだ。それでも人足仕事などに比べると賃金はずっといい。

人足の賃金は三百五十文と決まっている。用心棒は一日一分になることもある。一分は千文、四分が一両である。人足仕事の約三倍である。月のうち十日も仕事があれば、楽に食っていけるのだ。

上野に来た。上野広小路である。いまは両国広小路のほうが賑《にぎ》やかである。両国橋ができるまでは、上野のほうが賑わった。江戸第一の盛り場だった。

上野は寛永寺の門前町であった。上野から湯島《ゆしま》へ向かう。不忍池《しのばずのいけ》がある。池之端《いけのはた》には出合茶屋が並んでいる。男と女がむつみ合う場所である。茶屋の前には木々が繁っていた。木々の間を通って茶屋に入る。

池之端には料理茶屋もある。生類憐みの令が出てからはあまりはやらなくなった。客に出す料理のネタがないのだ。料理人がいかに工夫してもネタがないのでは、料理の作りようがないのだ。

不忍池から湯島切通しに入る。池之端から本郷通りに出るには湯島の山をぐるりと回らなければならない。それで山を切り裂き、トンネルを作って細い道にした。通り抜ける道である。

池之端側には小さな店が並んでいた。小さな古着屋もある。辰巳屋と売買している。清右衛門はその古着屋に入った。しばらく話し込んでいる。古着屋の横のつながりもある。高価な着物は、小さな店では売れないので辰巳屋に持ち込むのだ。小さな店で売れるような着物は、辰巳屋から仕入れてくる。

兵庫は表をぶらぶらしながら待っている。待つのも仕事だ。あたりにはさまざまな店が並んでいる。駄菓子屋、傘屋、下駄屋、野菜屋、以前は魚屋、肉屋、革屋といった店も並んでいたが、いまはなくなっている。

野良犬が一匹うろついていた。この犬を追い払うには水を掛けるしかない。棒で叩こうものなら、訴人がいて、すぐに町方がやって来る。それに犬同心が歩き回っている。金が欲しい犬同心は、犬のあとを追っている。人が犬に何かをすれば、すぐに出ていく。

金になるのだ。

子供が犬に食い殺された。父親がカッとなって犬を叩き殺した。その父親は町奉行所に連れていかれ、死罪になったという。

犬はけものの本性で、人が何もできないことを知っている。だから、吠えかかったり咬みついたりする。犬が腹を空かしているのに餌《えさ》を与えなかったりすると、それだけで罰せられる。

犬が腹を空かしているかどうかはわからない。餌を与えてそれを食えば腹を空かしていたことになる。

一人の町人が犬から逃げた。すると犬は追って来て吠える。それも長い間吠えるのだ。うるさいが足で蹴《け》るわけにはいかない。蹴っただけで島に流されたのではたまらない。

町人は困って兵庫のそばに来た。

「助けて下さい」

と言う。犬は調子に乗って吠えかかる。兵庫でも犬を斬るわけにはいかない。兵庫は気合を発した。とたんに、犬は、キャンと鳴いて走り去った。

そのあとに犬同心が出て来た。犬をつけていたのだ。

「浪人、犬を蹴ったであろう」

「何もしない、勝手に逃げていったのだ」

「何もしないのにキャンと鳴くわけはない。何をした」

「あんたは見ていたのだろう。わしが蹴らなかったのを」

「見逃してやってもよい」

「なにっ」

と兵庫は目を剝いた。金を出せと言っているのだ。

「浪人に金を出せというのか」

「そうではない。見逃してやってもいいと言っている」

兵庫はいきなり右拳を突き出した。それが同心の顔に当たった。同心はよろめいた。鼻血がばっと噴き出した。

「おのれ、何をする」

衿を摑《つか》んで引き寄せておいて、こめかみのあたりに拳を続けざまに叩き込む。同心の頭が揺れた。

「世の中は面白い。犬を叩けば罪になる。が、犬同心を叩いても罪にはならない」

弥次馬が集まって来ていた。

「この男が犬同心だ。わしに袖の下を要求した。権力をかさに着てふところを肥やしている」

顔がたちまち腫《は》れ上がる。ついでに股間を蹴った。ギャッ、と叫んで、両手で股間を押さえようとしたが、兵庫に衿を摑まれているのでかがめない。

「この男が、町の人たちを脅してどれくらい金を脅し取ったか」

とふところに手を入れて財布を引き出した。それを逆さにする。金がぼろぼろとこぼれて落ちる。小判があった。小銭まで入れると、六両以上ある。

「犬同心がこんなに金を持っているわけはない。脅しとった金だ。金を脅しとってもいいという令が出ているのかな」

「かんにんしてくれ」

「脅しとった金だな」

と言ってまた叩く。顔は腫れ上がり内出血している。

「かんにんしてくれ、叩かないでくれ」

「脅しとった金だな」

同心はこっくり頷《うなず》いた。何やら臭った。失禁したようだ。

「この同心、小便洩らしやがった」

弥次馬がドッと笑った。

「ざまあみやがれ」

と口走った者もいた。

「これですんだわけではない」

と右手首を握るとひねった。

「ギャッ」

と声をあげた。右腕がぶらんとぶら下がった。ついでに左手首もひねった。またギャッ、と叫んだ。

同心は兵庫に恐怖を覚えた。顔は青くなっている。

「こいつは打ち首だな。お犬さまを利用して、金を脅しとっているのだ。町方が来たらそう言ってやれ。町奉行所まで連れていってやりたいが、わしもそれほどヒマではないからな」

と同心を押した。両手をぶらぶらさせて歩いていく。落ちた金を拾いたくても拾えないのだ。

むこうで清右衛門が待っている。そこへ歩いていく。

「鏑木さん、あんなに叩いたのでは、あとが面倒ですよ」

「なあに旦那《だんな》には関係ないことだ。あれくらいやっておかないとこたえやしないよ。犬奉行だってかばいきれないだろう」

「できれば、あの同心に金を脅しとられた人たちに、一人一人返してやりたかったんだがね」

「ちょっとやりすぎですよ」

「中途半端だとかえっていけない。あとが面倒になる。あの男は何もできんよ。一度ひどい目にあえばね」

切通しを歩く。人がようやくすれ違えるほどの幅しかない。清右衛門のむこうに浪人が立った。その浪人が刀を抜いた。清右衛門が退り、兵庫が前に出る。そのときには刀を抜いていた。

浪人の後ろに仲間が二人いた。

「辻斬りか強盗か」

浪人が顔をしかめた。清右衛門一人だと思ったらしい。

「おまえは」

「用心棒さ。わしを片付ければ後ろの男を斬れる。集金して来たばかりだからな、七十両の金を持っている。ここで諦めることはないな。かかって来い」

「やめた」

と浪人は言った。そして二歩、三歩と後ろに退る。

三人を斬ってもよかったが止めた。どうせ飢えた浪人どもだ。

切通しを出た。ゆるい坂を降りると昌平橋である。橋を渡れば八辻ヶ原だ。ここをむかしは筋違広小路《すじかいひろこうじ》と言っていた。両国橋が出来る前はかなり賑わっていたのだ。この広小路から道が蛸《たこ》のように八本のびている。だから八辻ヶ原と言うようになった。

その一本が須田町通りである。日本橋《にほんばし》に向かっている。辰巳屋に清右衛門を送り届けると、

「ごくろうさん」

と言うのを背中に聞いて、銀町の住まいに急ぐ。津香のことが心配になったのだ。ずっと心配はしていた。

銀町の通りは静かだった。こういう気持になるのがいやだから、女は家に入れたくないのだ。帰ったら連れ去られて津香はいないのではないかと考えてしまう。

玄関の戸を開ける。おいと声をかける。はい、と津香の声がした。それでホッとなる。

「お帰りなさいませ」

と三つ指を突く。兵庫は疲れを覚えた。

四

津香は夕食の用意をしていた。隣の大工の女房お種と話し合いながらだ。

「外には出なかったのだろうな」

「買いものがあって出ました」

「出てはならぬ、と言った」

「でも」

と言う。

「侍たちに見つかったらどうする。全員斬ったのだからわしの顔を知っている者はおらん。だが津香さんはいかにみなりを変えても、顔を知られている」

「そのときはそのときです」

自分が斬られれば、それですべては終わる。そう考えているのだろう。女は図太い。いや、ほんとに図太いのではない。殺されるのはこわいのだ。

おそらく敵は津香を探し回っている。神田明神前から一人も逃げていない。だから兵庫の顔も名前も知らないはずだ。ただ一つわかっていることは津香の顔だけ、ということになる。

だから、人に顔を見せなければ、津香をつきとめることはできない。

夕食をすまし、ゆっくりと茶を呑んで夜具に入る。一組の夜具がそのまま敷いてあった。同じ夜具に寝るつもりなのだ。

津香は自分から先に夜具に入った。兵庫もその横に滑り込む、と彼女が抱きついて来る。

「何もしなくていいんです。このままで」

と言ってもこのままですむわけはない。

「怖ろしいのです」

と言う。ほんとに怖ろしいのだろう。命を狙われているのだから。だが、女に抱きつかれたままでは眠れない。女は眠れるのかもしれない。

兵庫は、女に抱きつかれて何もしないほど、年をとってはいなかった。女の体の柔らかさを感じれば一物も反応する。その気がなくてもその気になってくる。

女の尻を撫でる。浴衣をたぐり上げる。今日外出して、寝巻き代わりに浴衣を買って来たものらしい。たぐり上げて尻までもさらす。尻から太腿を撫でる。

津香は男の股間に手を伸ばして来た。下帯は締めたままである。それを解きにかかる。上から触っただけでも一物が怒張しているのはわかる。

下帯を外して一物を手にすると、ふーっと息をついた。まぐわいに馴《な》れているというのではなかったが、男を知らないというわけではなかった。

手を上下させる。そして、上半身を起こした。そして股間に顔を埋めてくる。男と女の間ではごく当たり前のことだった。たいていは女が男を知ったときに覚えるものだ。男がそうさせる。

口の中に精汁を放出するのを口取りという。女はそれを呑み込む。どうしても体を重ねれば男のほうが早い。そのためにはじめは一回分口の中に放出させるのだ。

津香は一物の尖端を舐《な》めまわす。そしてぐいと根元まで呑み込む。

…………。

眠れないと思いながら、兵庫は眠っていた。背を向けると津香は背中に抱きついて来る。

「こんなのはじめて」

と言って悶えた。殺されるという恐怖も怯えも味つけになったのだろう。自分からまぐわいの中にのめり込んで来る。少しの間でも怯えを忘れたいと思う。それだけに普通のまぐわいとは異なるのだ。感度だって敏感になるわけだ。

闇の中に、コキン、という音を聞いた。とたんに兵庫はとび起きていた。そしてまず下帯を締めた。着物を着る。

「どうしたんですか」

「襲われる」

「えっ」

「押入れの中に入っていてもらう」

　コキンと鳴ったのは骨である。人は緊張すると骨が鳴る。それに忍び込んでいるのであれば鳴りやすい。

　津香を押入れに押し込んで先に脇差を差し、刀をとって抜いた。鞘《さや》は押入れの中に投げ込む。

　闇でも全くの暗さではない。雨戸は閉めていない。明かりは障子から洩れて来る。だから姿形くらいは見える。もちろん刃も反射して白く見える。

　障子に黒い影が動いた。そこにも何人かいるらしい。左手の襖《ふすま》が開いた。人影が見えた。刀が白く光る。兵庫は立ったまま待っている。

　障子の影が小さくはっきりなった。兵庫は畳の上を走った。そして障子ごと斬った。袈《け》裟掛《さが》けにである。障子にバッと血しぶきが上がる。

　敵は障子ごと倒れ込んで来た。左手の襖から斬り込んでくる。兵庫は畳の上を転んで足を薙《な》いでいた。

「ギャッ」

叫びが湧いた。足を抱いて転び回る。肩の高さにおいて刀を薙ぐ。剣尖が襖を裂いていた。

障子から入って来ようとする。兵庫は片膝《ひざ》ついて上段から敵の胸あたりを裂いた。立っていれば雁金《かりがね》である。

膝をついた場合は雁金より少し左を狙う。雁金では心臓は避けて通る。膝をついて斬るときには心臓を狙う。

心臓が裂けるより先に左手の曲者《くせもの》の首が転げ落ち、四方に血を噴き上げる。仲間たちはその血を浴びることになる。そのために首を刎《は》ねたのだ。

心臓を裂かれた曲者の肩を押す。曲者の体はくるりと曲がり、血を庭に向かって噴き出した。これで勝負はついたことになる。

兵庫は庭にとび降りた。血を浴びた曲者が刀を振りかぶる。胴を薙いだ。次の一人の右腕を切断した。

家の中にいた者も庭にとび出してくる。一人が濡《ぬ》れ縁から跳んだ。刀を払った。地面に降り立つ前に両腿が切断されていて、その者は転がった。

小さな庭である。庭と言えるほどでもない。その庭のむこうに向かって、

「逃げろ」

と叫んだ。

庭には曲者たちがいて、津香は逃げられるはずはない。だが、一瞬、女は庭から逃げたのだ、と思ってしまう。一人が庭に降りて来た。それを雁金に斬り下げる。

地面についた剣尖《けんせん》を引き上げるときに刃を上向きにして斬り上げる。曲者の右腕を肘《ひじ》のあたりで斬り離していた。袖の中から腕がぞろぞろと滑り落ちて来る。手はしっかりと刀柄を握っている。

腕の切断された部分が地面に擦りつけられ、土にまみれ、流れ出る血は土に吸われていく。

これでどうにか済んだようだ。なまぐさい血の臭いが立ち込める。まだ死にきれない者もいる。だが戦闘力はなくしていた。

寝込みを襲ったわりには、いかにもあっけなかった。

上弦の月が出ていた。いまになって出て来たのだろう。右腕を切断した男が呻《うめ》いていた。

その男の下緒《さげお》を解いて半分にした。一方を肘の上に巻きつけ、その間に鞘を押し込み、ギーッと締める。男は、

「ギェッ」

と叫んで気絶した。鞘をぐるりと回して、もう一本の下緒で肩のあたりに結びつける。これで血は止まる。死ななくてすむのだ。

庭と家の中を見渡した。足を切断された男は奇声をあげながらまだ転げまわっていた。脛《すね》は人体の中で一番痛い部分である。

曲者の刀を拾って、棟《むね》で転がっている男の頭を叩いた。すると頭骨が砕け、コロンと二つの目玉がとび出して来た。両頬に目玉がぶら下がって揺れている。だが、それで死んだわけではなかった。

自分の刀では殴りたくなかった。刀が折れそうな気がしたのだ。刀とは簡単に折れるものである。蟹丸兵衛の刀が折れたようにだ。刀の棟を強く叩いたつもりはなかった。それで切っ先一尺五寸ほどがポロリと折れ落ちたのだ。もちろん、兵庫の刀も折れていた。兵庫が斬った男たちはみんな浪人だった。侍は死なせたくない。それで浪人を雇った。浪人ならいくら死んでも痛痒《つうよう》はないのだ。

右腕を失った浪人に活を入れた。

「左手一本でも生きていける。死ぬよりもましだろう」

「いや、あっさりと斬り殺してもらいたかった。両手があっても生きにくいのに、右手がなくなっては生きていけぬ」

「そうか、ならば話を聞いた上で首を刎ねてやってもいい。おまえたちは、わしを襲ったんだぞ。死ぬ覚悟くらいはできていたろう。それはいい。いくらもらった」

「一分ずつだ。あんたを殺したときには、一人五両をもらうことになっていた」

「寝込みを襲えば、わしを討てると思っていたんだな」

「そうだ」

「わし一人か」

「女がいるはずだから、これも斬れと」

「わしと女を斬る理由など言わなかったのだろうな」

「言わなかった」

「頼んだのは誰だった」

「侍だった。それ以外は何もわからん」

「そうだろうな。大名の家臣風だったか、それとも、旗本の家来風だったか」

「わからんな。だが、わりに品のいい侍だった」

「たとえば、わしを斬ったあと、五両をもらえると思ったのか、その侍が逃げてしまったらどうなる。どうして金を先にもらわなかったのだ」

「前金をもらえば、浪人は斬り込みなどしない。みんな逃げてしまう。五両もらえると思うから斬り込んだ」

「すると、おまえたちは、みんな無駄死だったということになる」

「あんたが、これほど強いとは聞かなかった」

「その侍とはどこで会うことになっていた？　わしを斬ったあとは、五両を受け取らなければならない」

「今日、昼の四ツに湯島天神境内」

「その侍のこと、もっとくわしく申せ。わしがその金、取って来てやる」

「四十を過ぎていた。背丈は五尺（一五二センチ）、ずんぐりした体をしていた。そう、紋付羽織を着ていた。紋は武田菱《たけだびし》だった」

「そうか、それならばわかるだろう。わしの名前は聞いたか」

「いや、この家だけ教えられた」

「わかった。歩けるか」

「わからん」

「神田明神の境内で待っていろ。金は必ず持っていってやる。その金のある間生きろ、すれば、その先も生きられる。正直に生きようと思うな、悪人になれ、生きるためにはな。そのうちに左手で刀をあつかえるようになる。名を聞いておこうか」

「菊田一太郎《きくたいちたろう》だ」

「そうか。わしは鏑木兵庫だ」

そう言って腰を上げた。

第四章　死の覚悟

一

家の中は血の海になって死体がごろごろしている。家は捨てなければならない。大家も死体の始末には困るだろう。あとで詫《わ》びに来ればいい。それには金が必要だ。

死体は、死体を処理する者たちがいる。それにまかせればよい。それより、またどこかに家を探さなければならない。

津香を連れて住まいを出た。家具道具類を持ち出す気はない。古道具屋で求めればいい。それにしても、どうしてあの住まいがわかったのか。

津香は昨日外出したと言った。それを侍に見つかったのか。違うな、と思う。津香を見つけたのであれば、その場で斬り捨てているはずだ。津香を斬ればすむことだからだ。

だが、待てよ、と思った。浪人たちの狙いは兵庫自身だった。女はついでのような言い方だった。どうしてなのだ。津香のこととは別のことなのか。たしかに兵庫自身狙われることがないわけではない。

北町奉行の北条安房守が、浪人たちに兵庫を狙わせた。それだったのか。それにしてもおかしい。ついでにだが女も、と菊田一太郎は言った。

北条安房守には津香は全く関係ないはずだ。それに安房守とは話がついている。するとやはり津香の関係か。津香を狙うのが当たり前なのに、兵庫を狙った。

よく行くうどん屋に入って、うどんを食い、この店に津香を待たしてもらいたい、と言って、亭主に一朱銀を渡した。だったら奥の部屋に、と亭主が津香を案内する。金はものを言うのだ。

用をすまして来るのは一刻《いっとき》（二時間）と言った。だいたいそれですむはずだ。その湯島天神の侍から何を聞けるのか。津香だって何も喋ろうとしない。侍だって何も喋るまい。だが、聞いてはみるべきだろう。

うどん屋を出た。そして昌平橋を渡って湯島天神に向かう。歩きながら考えた。敵は、津香がすべてを兵庫に喋ったと思った。それで先に兵庫を狙った。兵庫を斬ってしまえば津香はどうにでもなる。

そう考えるのが普通だ。だが、津香は何も喋ろうとしない。

おかしなことに関わり合ってしまった。行くところが大川しかないと言われれば放り出すこともできない。

「人を助けるということは、こんなことなのだ」

と兵庫は苦笑する。七人の侍を斬っても何の得にもならないばかりか、津香という重荷まで背負ったことになる。兵庫が食うや食わずの暮らしをしていたのであれば、津香を背負うことなどできなかった。

津香を生かしていくには金もかかる。あと何人も斬ることになるのだろう。津香一人のためにだ。それなのに津香は何も語ろうとはしない。

「貧乏神にとりつかれたようなものだな」

その結果、津香は大川にとび込みそうな気がする。すると兵庫は何をやって来たのかわからなくなる。

湯島天神への坂を登る。女坂と男坂がある。女坂はだらだらとしている。男坂は急だ。

天神は学問の神さまである。学問のためかどうかわからないが、多くの参詣《さんけい》者がある。

武家妻や娘が外出できるのは、寺社への参詣だけである。日も暖かくなった。人は外出してみたくなる。一番いい季節なのだ。

境内に上がった。多くの人たちが境内を歩き回っていた。一方には茶屋が並んでいる。その茶屋の背後は崖《がけ》になっていて、上野寛永寺が見え、不忍池も眼下に見える。夏は下から風が吹き上げて来る。

境内を見渡した。武士もいれば浪人もいる。武家妻とみえる女、娘とみえる女、また親に連れられた子供の姿もある。

何人かいる侍の姿を見る。紋付羽織を着た四十ばかりの侍が、茶屋の床几《しょうぎ》に坐って茶を呑んでいた。ときどき境内に目をやる。

兵庫は茶屋に歩み寄る。そして侍の背後に回り込んだ。背中の紋はたしかに武田菱だった。袖《そで》にも紋はあるが見にくかったのだ。改めて兵庫は侍の隣に坐った。

床几に坐れば客である。茶屋女に、

「茶は濃いめに頼む」

と言った。

「よい天気でござるな」

と侍に話しかける。侍は兵庫をジロリと見た。

「金をいただこうか、約束の金だ」

「なに、あの浪人者を斬ったのか」

侍は兵庫の顔は知らないはずである。

「斬った」

「女は」

「女も斬った。浪人の首でも下げてくれればよかったかな。疑念があったら浪人の家の中を見てくればいい。二人の死体が転がっている。金をいただこう」

と手を出した。

侍は迷っている。ほんとに浪人と津香を斬ったのか、と。

「金を出してくれ、仲間が待っている。金を渡してやらなければならん。五十両だ」

侍はふところを探った。そして重い包みを取り出して兵庫の手に乗せた。それを兵庫はふところに入れる。入れた金を取り出して、包んである袱紗《ふくさ》を開いてみた。たしかに五十両の金だった。

「いただく」

と言って再びふところに入れる。

「使いの者でもやって、あの家を確かめさせたほうがいいな。死んだ女はどういうたぐいの者だ」

「なに、そういうことは知る必要はない」

「あんたの名前くらいは聞いておこうか」

「名乗れぬ」

と言って侍は、茶代を置いて立ち上がった。兵庫も同じことをして侍のあとをついていく。男坂を降りる。

はじめは見え隠れにつけていく。侍は須田町通りに入った。しばらく歩くと振り向いた。そして足を止め、兵庫に向き直った。そして歩み寄ってくる。

「なぜ、わしのあとをついて来る」

「ただ、行く方向が同じだからだ。気にするな」

「だったら先に歩け」

「なにも遠慮することはない。お先へどうぞ」

仕方なく、侍は歩き出した。歩きながら、振り向いた。そのときには兵庫の姿はなかった。安心して歩き出す。

日本橋へ向かう途中で右折する。右折してからまた振り向いた。そこに兵庫の姿があった。侍は目をいからして歩いて来た。

「わしをつける気か」

「そうだ」

か」

「あんたが、どこの屋敷に入るのかに興味があってね。つけられてはまずいことがあるのか」

「そんなものはない」

「だったらいいじゃないか」

「何が目あてだ」

「あの浪人と女をなぜ殺さなければならなかったかに興味があってね」

「そのようなこと、知らなくてもよい」

「興味がある」

「おまえは一体何者だ」

「ごらんのようにただの浪人だ」

「ただの浪人ならば、金をもらうだけで充分だろう」

「もっと金になりそうな気がしてね」

「おのれ」

「わしはあんたに興味があるんだよ。言ってくれないかな、浪人と女をどうして殺す必要があったんだ」

「何だと」

「興味を持つな。命に関わるぞ」

「かまわんさ、浪人の命など安いものだ」

「おのれ」

と刀柄に手をかけた。兵庫は体を寄せて、侍の右手首を摑《つか》んだ。そして脇差の鯉口《こいぐち》を切って抜いた。それを侍の脇腹に押しつけた。

「な、何をする」

「このあたりが肝臓かな。一突きであんたはくたばる」

侍は右手首を押さえられていては何もできない。

「放せ、放せ」

「名前を聞いておこうか」

「矢田部佐一郎《やたべすけいちろう》だ」

「矢田部さん、浪人をなめてはいけないよ。使い捨てのつもりだったんだろうがな」

この辺で矢田部にも兵庫がただの浪人ではないことがわかって来たらしい。十人の浪人に仕事を頼んだ。十人とも顔を覚えているわけではなかった。

矢田部は、はじめから、兵庫を仕事を頼んだ浪人の一人だと思い込んでいた。だから五十両を渡した。

「死にたいか」

矢田部は青くなった。同じ腹でも肝臓を刺されれば即死する。それは矢田部も知っている。

「あんたは、さっき命に関わる、と言った。今度はあんたが生きるか死ぬかの瀬戸際だな」

「ただではすまんぞ」

「承知している。喋れ、命が惜しければな。なぜ浪人と女を殺さねばならなかった。そのわけを知りたい」

「わっ」

と叫んで目を剝《む》いた。ほんの少し脇差の先が腹に刺さったのだ。

「もう少し力を加えれば、肝臓を裂く」

「い、いくら欲しい」

「そうだな、千両というところかな」

「な、なんてことを」

「そう、あんたの命は千両もしないのだろうがな」

「そ、そんな金があるわけはない」

「親方にたのめ、あんたの主人は誰だ。わしがいただいた五十両だって、あんたの金ではない。主人の名を言ってもらおうか」

「わっ」

とまた声をあげた。また少し腹に刃がめり込んだ。

「おまえが喧嘩《けんか》をふっかけるには、相手が大きすぎる」

「なに、大きすぎる？　その調子だ、もっと喋れ」

「刺せ、死ぬ覚悟はできた」

「そうか、それは立派なことだ。親兄弟、女房子供もあるだろうに」

「言うなっ」

「女房子供のことを言われればつらいか」

津香も何も言わなかった。この侍も何も言いそうもない。それほど重要なことなのか。当然、主家に異変が起これば、それを口に出して喋るわけにはいかんだろう。どうやら死の覚悟はできたようだ。

脇差を体から離した。

「行け、たいした傷ではない」

「だが、つけてくるのであろうが」

「もちろん、主人の屋敷へ帰ろうと、自宅に帰ろうとな。どっちかはつきとめてやる。女房か子供を人質にとっても、喋らせてやる。行け、歩け、あとからついていく」

矢田部は歩き出した。しばらく後ろを歩いて、兵庫は姿を消した。だが、矢田部は主家へも自宅へも帰れないのに違いない。

二

兵庫は、神田明神までもどった。境内を見回した。菊田一太郎の姿がない。くたばってしまったのか。血止めはした。だが痛みはひどいだろう。血を止めるために腕を締めあげた。痛くないはずはない。痛みにこらえきれなくなれば、自分で首くらいは裂けるだろう。

「あら、お武家さん」

と声をかけられた。茶屋女のお藤だった。

「茶はまたにしよう」

そう言って離れた。境内の桃の木の根元に菊田は坐り込んでいた。死人のような顔をしていた。放っておけば死ぬだろう。

銀町からこの明神まで歩いて来たのだ。兵庫はふところから金を出した。

「あんたが来てくれるとは思っていなかった。どこで死ぬのも同じだからな」

「五十両をもらって来た。半分に分けよう」

と言って切餅《きりもち》一個を菊田の左手に握らせた。切餅一個二十五両である。二十五両あればしばらくは生きられる。

「まず、医者に行くことだな。手当てをしてもらい、あとは勝手にするがよい。一緒に行ってやりたいが、わしにも用がある。歩けるか」

菊田は立ち上がった。

「もう一度、生きてみることにする」

ちょっと待て、と言っておいて、兵庫は茶屋に行ってお藤を呼び出した。

「この辺に外道《げどう》医者はいるか」

「ええ、本郷通りに」

「あとで礼はする。あの浪人を医者のところへ連れていってくれ」

と言って一分金を握らせた。お藤は奥へ入った。店主に了解をとったのだろう。すぐに出て来た。お藤を連れて菊田のところへもどる。

「このお藤さんが医者のところへ連れていってくれる」

「貴公に連絡をとるにはどうしたらよい」

「お藤さんに連絡とれるようにしておく。いいな」

と言って兵庫は歩き出した。うどん屋には津香を待たしてあるのだ。すでに一刻を過ぎていた。自分で斬った浪人を助けようとしている。妙な気分だ。

うどん屋にもどる。津香は座敷に坐っていた。怯《おび》えたような顔をしていた。うどん屋の亭主に酒を頼んだ。

このうどん屋にはよく来る。亭主は善蔵《ぜんぞう》という。善蔵が酒膳を運んで来た。

「もう一本つけておいてくれ。善さん、このあたりに貸家はないかな」

「家の裏にもありますよ」

「夜逃げしたような家のほうがいいな、道具も揃《そろ》っているだろうから」

「ちょうどよかった。十日前に夜逃げした家がありますよ」

「頼まれてくれるか」

「よろしゅうござんすよ。大家を呼んで来ましょう」

と気軽に引き受けてくれた。

「置き去りにされたと思いました」

と津香が言った。

盃を交わす。

「置き去りにね。すると行くところは大川か」

津香はうつむいた。

「津香さんなら、何をやっても食っていける。探し出されて斬られるまではな。そういう気にはなれんのかな」

津香ならば、料理茶屋の仲居くらいには使ってくれるだろう。美人ではないが気品みたいなものもあるし腰つきも悪くない。上等な旗本の生まれというのではない。御家人の娘だ。仲居くらいまでは身を落とせるだろう。

行くところは大川しかない、というのは甘えだろう。まだ若いし、いくらでも生きる道はある。

酒がなくなったころ、善蔵が大家を連れて来た。まだ四十前の男である。

「お借りいただけるそうで」

「一応は見せてもらってからにしよう」

「他の家も空いていますが」

「それではとにかく見せてもらおうか」

と席を立った。

夜逃げした家は、だいたい家財は揃っていた。炊事場も箪笥《たんす》などもあった。

「どうだい、ここで」

津香は、ええと言った。

「大家さん、少し品物を入れたい。手伝ってもらえるかな」

「ええ、借りていただけるのでしたら」

「まず、布団くらいは新しくしたいな。打ち直しの布団でいい、二組だな。それに米と味《み》
噌《そ》と炭と、いろいろあると思うが」

裏には、共同の井戸がある。着のみ着のままで逃げたらしく、たいていの物は揃ってい
た。

夕方になるまでには、当座の物は揃った。足りないものは、おいおい揃えていけばよい。

住まいを移すということは大変なことなのだ。

火鉢に炭がおこり、鉄ビンが音を立てはじめる。茶を淹《い》れて呑み、落ちついた気分にな
る。

「津香さん、矢田部佐一郎という侍を知らないかな」

「どなたですか」

「わしを殺すように浪人に頼んだ男だ」

「いいえ、存じません」

「津香さんを殺したい一人だと思うがな。捕らえて責めてみたが、何も喋らなかった。津香さんと同じだ。死ぬ覚悟をした」

「殺したのですか」

「殺しても何の得にもならないので放してやった。ただ一言言った。わしが喧嘩をふっかけるには相手が大きすぎると、そうなのかな」

「そうだと思います」

「加賀か伊達《だて》か、そんなところか」

「ええ。そんなところです」

「昨夜の浪人たちは、あんたではなくわしに襲いかかって来た。なぜだかわかるか」

「いいえ」

「津香さんが、すべてわしに話してしまった、と考えているからだ。それより他にない。いまのところわしが狙われるのは、津香さんとの事しかない。敵は喋っている、と思っているのに、あんたは何も喋ってくれん」

「申しわけありません」

「責めているのではないが。もっとも話を聞いても、わしにも何もできないだろうがな」

行燈《あんどん》に灯が入っている。

兵庫は十両の金を津香に渡す。

「暮らしていくには、それなりにかかるものだ。好きに使ってくれ。それに、わしとあんたは浪人に斬られて死んだことになっている。しばらくは安全だろう。だが、表には出ないほうがいいな」

「こんなに」

その夜も、津香は抱きついて来た。心細いのだ。兵庫に頼りきっている。なのに喋れない。それほど重要なことなのだろう。加賀前田《まえだ》家《け》か仙台《せんだい》の伊達家か、筑前の黒田家もある。大大名の家に何か騒動が持ち上がっているのか。喧嘩するには大きすぎると言った。すると旗本ではない。八千石の旗本でも、大きすぎるということはない。

大大名に内紛があるとしても外には洩《も》れないだろう。そういうお家騒動に巻き込まれることはない。何も聞かないで津香を守ってやっていればいいのか。ただ、兵庫には津香の背後で何が起こっているのか、興味があるだけなのだ。

どうしても聞かなければならない、ということではなかった。だが、津香がどういう秘密を持っているのか気になる。

津香を守ると言っても限度がある。いつも津香のそばにくっついているというわけにはいかないのだ。

これまでに津香のために二十人ほども斬った。放っておけばよかったのか。放っておくには、兵庫には人を斬る腕があった。

翌日――。

新しく借りた住まいを出た。前の住まいは血の海にした。そのままでは、たとえ畳を替えたとしても人に貸すわけにはいかないだろう。隣の大工の女房にも礼を言っておかなければならないだろう。

銀町にはかなり長く住んでいた。津香が出て来なければ、いまも銀町に住んでいたのだ。

銀町に行き、大家に会った。そして話をつけた。家の中が血の海になったのは、兵庫のせいではないのだ。襲って来た浪人、その浪人を雇った者の責任である。

この間の侍をここまで引きずって来て、借家一軒分の金を出させるべきだった、と言ってもいまとなっては遅い。どこの家中かもわからなかったのだ。黙って尾行して行けば、あるいはつきとめられたのかもしれない。

隣の大工の家に入った。亭主は働きに出ているが、女房のお種はいた。

「どうされたのかと心配していましたよ」

「すまない。お種さんには迷惑をかけた」

「いいえ、そんなこと、いいんですよ」

家を出る。そこに編笠をかぶった侍が立っていた。笠があるから顔は見えない。両刀を差しているから侍と思ったが、あるいは浪人かもしれない。兵庫も両刀を差している。その男は、いきなり言った。

「鏑木兵庫か」

「おのれの名を名乗れ」

「小田木仁斉《おだぎじんさい》と申す」

「何の用だ」

「頼まれておまえを斬る」

のしかかるような言い方をする。腕には自負があるようだ。肩はいかり、胸も厚そうだ。腕も太いのだろう。

「斬るだと、わしが斬れるのか」

「斬る。金のためだから、いささか忸怩《じくじ》たるものがあるがな。ここは狭い。町の人に迷惑をかける。鎌倉河岸《かまくらがし》まで出てもらおうか」

小田木仁斉は、先に立って歩き出した。兵庫は一定の間隔を保って歩いていく。顔は見えないが、四十歳前後か。

腰がすわっている。これまで襲いかかって来た侍や浪人たちとは違う。歩き方も堂に入っている。敵は、兵庫を斬るのに確かな者を選んだということになるのか。

堀端の道を鎌倉河岸という。火除《ひよ》けの目的もあるのか、道幅は広い。それに人影も少ない。斬り合うにはちょうどよいところかもしれない。

「抜け」

「言われるまでもない」

兵庫は刀を抜いて右手に下げた。仁斉も刀を抜いた。笠はとらなかった。

「恥ずかしくて笠もとれぬか。金のために人を斬るとはな、なかなか気の重いことだろう」

「気は重い。だが、金がいる」

「なぜ、わしを斬るか、事情は聞いたか」

「そのようなものは聞かぬ」

「なぜ聞かぬ。聞けば斬れなくなるからか。わしも迷惑している。逃げて来た女を助けた。追って来た七人の侍を斬った。そして、住まいにも浪人十人が襲いかかって来た。窮鳥《きゅうちょう》ふところに入ればなんとやら。その女を守っている。わしには関わりない女だ」

「そういうことか」

「金で人斬りを引き受けるには、何も聞かないほうが気が楽だな」

「だが、金がいる。そのほうを斬らなければならん」

「それはあんたの事情だろう。相手の事情まで聞いては斬れぬか」

「斬る」

「斬られるかもしれんな。人を斬り馴《な》れているわしのほうが、道場剣法よりも人を斬りやすい」

兵庫がぐだぐだと喋るのは心理戦法である。仁斉は自然に気が重くなってくる。この仁斉という男、どこかに剣術道場を持っている道場主のようだ。そう思えば、仁斉の態度も頷《うなず》ける。

津香を殺したい連中が、仁斉に頼みに来た。もちろん金を出した。百両ほどか。それで引き受けた。

「仁斉さん、あんたが死ねば身内が泣く、門弟たちも困る。だが、もらった金はもう返せない。しかし、あんたにはわしは斬れん。斬り合いは、道場剣法とは違う。あんたは人を斬ったことがあるか。わしはすでに五十人は斬っている。あんただってわかっているはずだ。いかに木刀振りが巧みでも人は斬れん。それにあんたには死の覚悟がない。小手先でわしを斬ろうとしている。人を斬り馴れない者の陥る罠《わな》だな。わしをどういう浪人かを確かめずに殺しを引き受けた。愚かだな」

「黙れ」

「あんたは、自分が斬死することは考えていない。それだけの覚悟がなくては人は斬れん。わしには何も失うものはない。いつでも死ねる」

「黙れ、黙れ」

「あんたは、わしを小手先で斬れると思い込んで、わしの前に現れた。わしは浪人を斬ったばかりだ。人を斬るのには馴れている。そして、刀を抜けば、いつも死の覚悟はできている」

仁斉は、下げていた刀を正眼に構えた。守りに入ったのだ。

「わしを斬りに来て、守りに入ってはどうにもならんな。正眼に構えれば、どうしても刀を振り上げたくなる。道場剣法をやっている者の癖だろう。腹に隙《すき》ができる。腹を抜かれれば、それでおしまいだな」

「おのれ」

「怒ると負ける。斬られて果てる。笠をかぶっていては上段はとれまい。死んでしまえばあとがどうなろうとどうでもいいわけだ。仁斉さん、顔色が青くなった。肩に力が入りすぎる」

「おのれ、言わしておけば」

仁斉は刀を上げた。そして一歩大きく踏み込んで斬りつける。兵庫は動かなかった。仁斉はあわてて引いた。

「仁斉さん、あんたは命が惜しいから、間合いを間違えている。腰が引けているのだ。それではわしは斬れない。もっと腰を入れ、間合いを確かめてから斬りつけるものだ」

兵庫は一歩踏み込んだ。そして刀を左へ引きつけ逆袈裟《ぎゃくげさ》に斬り上げる。刃がヒューッと音をたてた。仁斉は思わず一歩退いた。

「いまのは見せ太刀《だち》だよ。太刀の長さを見ているのだろうが、わしの剣尖は二分伸びる。その二分があんたの体に食い込むことになる」

振り上げた刀を八双《はっそう》に構えた。兵庫は足を擦《す》って前に出る。それだけ仁斉は退くのだ。もう斬り込んで来る勇気はない。死ぬのがこわいのだ。

仁斉はこういうことになろうとは思ってもいなかった。鏑木を簡単に斬れると思い込んでいた。

「仁斉さん、あんたも剣士だ。ここで刀を引いてくれ、とは言えんだろうな。つまり、ここで死ぬしかないということだ。頭の中に走馬燈が浮かんで来ないか。死ぬ前に少し余裕があれば走馬燈を見る、と言われている」

仁斉は、だんだん体を堅くしていく。それが見える。手に汗をかく。刀柄が滑る。それで刀が握れなくなる。

「額に汗をかいている。それが流れて目に入る。すると見えにくくなる。それでおしまいだな。笠をかぶっていては、汗も拭《ふ》きにくいな。斬り合うのに、なぜ笠などかぶっていた。笠をかぶっていると、汗も乾きにくい」

いまはもう笠を取る余裕もなかった。斬り合いのときには笠は邪魔になる。それさえも考えなかった。

「第一に金をもらって人を斬るということが間違っていた。斬り合いというのは、もっと真面目なものだ。命を賭《か》けるのだからな。あんたは、はじめから命賭けになることができなかった。あんたにいまできることは、もはやこれまで、と思い、命を投げ出して斬り込んで来ることだけだな。それさえもあんたはできんだろう」

「ま、待ってくれ」

と右手を突き出した。その右手に斬りつけた。手首に傷ができた。斬り落とすつもりはない。

「そこで腹を切るというのであれば、待ってやってもいい」

そう言いながら、刀を薙《な》いだ。腹を傷つけた。裂いてはいない。笠を横に斬る。

「待ってくれ、頼む。話せばわかる」

「すでに負けが決まって、待ってくれはないだろう。あんたはわしを斬るつもりだった。いさぎよく斬って来られよ」

笠の中で顔が削られた。そこから血が滴《したた》ってくる。血が汗に混じる。血が目に入れば、油だから見えなくなる。

「参った」

「斬り合いに参ったはない。いさぎよく死ぬ道を選んだらどうだ」

「参った、許してくれ」

「男がそこまで落ちられるのか。あんたには矜《ほこ》りはないのか」

刀を抜いて死の覚悟がないと、剣士もきりなく落ちていく。ついには刀を投げ出し、膝《ひざ》を折り、そこに土下座した。ふんぎりがつかないのだ。

「誰に頼まれた。いまなら言えるだろう」

「道場に二人の侍がやって来た。田淵《たぶち》と井上《いのうえ》と言った。それだけだ」

「どこの家中だ」

「それは言わなかった。主家の名はかんべんしてくれ、と言った。わしも聞かなかった」

「わしを斬る理由《わけ》は」

「それも聞かなんだ。ただ金を置いていった」

「いいかげんだな」

「許してくれ、助けてくれ」

「あんたのような師を持った弟子たちが憐れだな」

「来月、娘を嫁にやる」

地面に両手をついた。兵庫は刀を振った。仁斉は、アッと声をあげた。右腕が肘《ひじ》の下あたりで切断され転がった。

「許してやろう。血止めくらいは自分でできるな」

転がった右腕の手を足で踏んづけた。

「わっ」

と仁斉は声をあげた。切り離されても手の痛みがわかるのだ。仁斉は右腕を左手で摑んだ。

「早くしろ、血を失うと助からんぞ」

右腕の切断された傷口から血が流れ出している。それが土に吸われていく。土がテカテカと光った。血は油でもあるのだ。

兵庫は刀を鞘《さや》に収め、背を向けた。

仁斉は自分の腰の下緒《さげお》を解く。それを右肘の上に巻きつける。脇差を腰から抜いて、下緒の中に押し込む。それを一ひねりしなければならないのだ。

三

道場剣法だけでは死の覚悟はできない。木刀振りがいかに巧みでも、刀を抜くと何の役にも立たないのだ。

相手が道場剣法が強くても死の覚悟ができればたいていの者には勝てる。つまり斬り合いとは精神力が左右する。

小田木仁斉は、来月娘を嫁にやると言った。そのために金が欲しかったのだろう。だから軽い気持で引き受けた。たかが浪人一人と考えた。小手先で斬れると考えた。おのれが死ぬことなど考えていない。つまり死の覚悟など用のないものと思っていた。

身内を持っていると、死の覚悟など持てない。未練が多い。兵庫に勝てないと思ったとき、未練が膨らんだ。怯えが走った。

だから兵庫は身内は持たないことにしている。一緒に住んでもいい女は何人かいた。だがそれを拒んだ。一緒に住めば情も移る。女を人質にとられたとき、その女を見捨てられない。

いまは、津香が住まいに入っている。追い出すわけにはいかない。いざというとき、津香を見捨てられるだろうか、と思う。見捨てられるように心の準備はしておかなければならない。

兵庫は足を神田明神に向けた。浪人、菊田一太郎がどうなったかを知りたかった。仁斉と同様に右腕を斬り落とした。

斬り落としておいて血止めをしてやった。そして、明神の茶屋女お藤に、医者のところに連れていかせた。その後どうなったのかが気になった。体の中の血を失わなければ、死なないはずである。

問題は菊田に生きる気力があるかどうかだ。両腕揃っていても浪人は生きにくい。片腕を失っては更に生きにくくなる。

境内に入ると、お藤が兵庫の姿を見て走って来た。

「世話をかけた」

「いやですよ、そんな礼の言葉だけですまされては」

「あの浪人はどうした」

「お医者のところです。熱を出しましてね、医者の家で寝ています」

医者がそれだけ菊田の世話をするのは、金を持っていたからだろう。金がなければ放り出されている。

「連れていってくれるか」

「はいよ」

と言った。そのまま明神の石段を降りる。本郷通りを少し行き、路地を曲がると、外道医の看板があった。内科の医者を本道というのに対して外科は外道である。

お藤が先に玄関を入る。声をかける。白い前掛けをした女が出て来た。医者の手伝いをしているのだろう。

「どうですか」

「いま、眠っていますよ」

と言う。二人を部屋に通した。現代でいえば入院である。夜具に四人が寝ていた。その一人が菊田一太郎だった。

菊田は顔を赤くしていた。熱があるのだろう。女が、

「先生を呼んで来ます」

と言って立った。しばらくして白髪の医者がやって来た。

「傷口はふさがったはずだ。だが、体が弱っている。無理な暮らしをして来たんだな。しばらくはここにおいておいたほうがいいな」

兵庫は菊田に二十五両を渡した。それを医者は見ている。金があるのであれば、いつまでも世話してやる。

気配に気付いて菊田が目をさました。

「鏑木さん」

「傷は大丈夫だそうだ。少し体を養ったほうがいいな、先生もそうおっしゃっている」

それじゃ、と言って医者が去っていく。

「どうして、わしのような男を。放っておいてくれたら、死ねていた」

「死ぬのは簡単なことだ。少しは生きてみる気になれ」

「しかし、これで命が助かったとしても、どうやって生きていく」

「左手でも刀は使えるようになる。そして悪人になれ、おのれを生かすためにだ。辻斬りでも何でもだ。悪人になれないからみんな死んでいく。片腕でもおのれ一人を生かすためには何でもできる。深川の浪人たちも、悪党だけが腹を膨らましている。寝ていて考えてみるがよい」

「鏑木さん」

と言って菊田はポロリと涙を流した。

「浪人に涙は似合わぬ。早く元気になれ、また来る」

と言って兵庫は立ち上がった。菊田は潤《うる》んだ目で兵庫を見ていた。たしかに決意しなければ生きられないだろう。

医者の家を出た。

「お藤さんには世話になったな」

「いやですよ、そんな」

「どういう礼をすればいいかな。いまならいくらか金もある」

「船宿」

と言った。船宿で抱いて欲しいということか。妙に腰をくねらせた。

「船宿に行ってみるか。だが茶屋のほうは」

「いいんですよ。わたしは売れているから、自由がききます」

「なるほど、売れているんだろうな」

本郷通りを昌平橋に出る。橋を渡らずに、神田川沿いにだらだら坂を降りていく。大川に出る前に、川っ縁に船宿がズラリと並んでいる。平右衛門町《へいえもんちょう》だ。

船宿の二階座敷は出合いの場所として使われている。『喜仙《きせん》』という船宿に入った。この宿には女を連れてときどき来ている。顔馴じみになっている。

「女将《おかみ》、二階は空いているか」

「いま、用意させています。少し待って下さい」

　と言う。

「だったら、風呂に入ってくるか」

「行っておいでなさいまし」

　と女将が言う。

　船宿には風呂はない。町内に風呂屋があった。出合いの客たちはみんなその風呂屋に行く。江戸で内風呂が許されているのは料理茶屋だけである。

　湯舟に入った。まっ暗である。その中で体をのばし、考える。お藤がはじめから愛想がよかったのは、兵庫に気があったからか。菊田のことも気持よく引き受けてくれた。

　兵庫に抱かれたかったのだ。お藤が自分で言ったように、茶屋では売れっこだろう。姿もいいし、色香がある。茶屋女でも相手と金次第である。もちろん相手は選べる。茶屋女で囲い女になったのは多い。それだけいい女が揃っているということでもある。

　お藤は江戸の女にしては色が白かった。色の白いのは七難隠すという。色が白いだけで女は女でいられるのだ。

　湯屋を出て表で待つ。お藤はいそいそと出て来た。湯上がりの女はそれだけでも色っぽい。船宿にもどる。仕度をしていると女将が言ったのは、前にいた客が帰ったばかりということなのだろう。

二階の座敷に入る。酒を頼んだ。開いた障子の窓から、両国広小路と両国橋が見えていた。人が蟻《あり》のように動いている。

坐ったお藤は全身に色香が香っていた。もう体も潤ましているのかもしれない。酒膳が運ばれてくる。お藤が酌をする。お藤にも酌をしてやる。彼女が兵庫を見て笑った。お互いに求めているものはわかっている。

ときにはこういうこともある。女から求めて来ることもあるし、兵庫が口説くこともある。浪人だがむさい姿はしていない。用心棒だけでも楽に食っていけるのだ。また、金を手にする能力もあった。

女が求めてくれば、たいていは抱いてやる。その機会を逃すことはないのだ。お藤を抱き寄せる。しなやかな体つきだ。肉付きはわりに薄い。

裾《すそ》をめくり上げた。そして太腿から尻を撫《な》でる。帯はゆるく結んであった。腿から尻への肉付きは足りていた。手を腿の間に入れる。撫であげるとはざまにたどりついた。

恥丘には茂りがあるがはざまはつるんとして毛がなかった。いい女というのは、はざまに毛がないことを言う。そこに触れてみて男はホッとなるのだ。

指で切れ込みを分ける。アーッ、と溜息《ためいき》に似た声をあげた。

四

愛宕下《あたごした》に無住心剣流《むじゅうしんけんりゅう》の剣術道場がある。道場主は真里谷円四郎《まりやえんしろう》という。この年に三十一歳である。まだ若い。俗に真里谷流ともいう。

二十五歳のとき師の小田切一雲《おだぎりいちうん》から嫡流《ちゃくりゅう》の免許を受けている。

一雲は円四郎と試合したとき三度負けている。

無住心剣流は、円四郎が三代目になる。初代は針《はり》ヶ谷夕雲《やせきうん》、二代が小田切一雲、そして円四郎である。

夕雲は〝相打ち〟と言った。一雲は〝相抜け〟と言った。極意に達した者同士が立ち合えば相打ちか相抜けになる。

円四郎は、これを不満とした。相打ち相抜けならば剣術の修業必要なしと。剣術の修業をするのは、相手に勝つためである。相打ち相抜けならば負けたのも同じである。

真剣で勝負をすれば、二人とも死ぬことになる。こちらも死ぬのだから負けと同じである。円四郎はそう考える。

活人剣、殺人剣という言葉がある。人を活かす剣などというものはない。剣とは人を殺す術である。

相手と立ち合って、相手を斬ったとき活人剣となる。相手におのれが斬られたときは殺人剣である。

宮本武蔵《みやもとむさし》は、六十余度試合して負けたことなし、と言っている。生きているのだから六十余度、武芸者と果たし合って負けなかったのだろう。

だが、厳密には二度負けている。その二度は刀ではなく木刀だった。一歩退いて〝参った〟と言っている。だが、これは負けとは言わない。負けとはおのれが死ぬときである。

円四郎は、一雲と三度試合して二度勝っている。だが、これも勝ちとは言わない。なぜなら一雲は生きているからである。木刀で勝っても勝ちではないのだ。勝負は真剣で命を賭《と》して斬り合うものである。そして相手を斬り殺したときに、はじめて勝ちと言える。円四郎と一雲が刀を抜いて立ち合ったとしたら、円四郎は斬り殺されていたかもしれないのだ。

だから、剣術者は常に活人剣でなければならない。兵庫はこれまで活人剣であった。小田木仁斉は殺人剣であったがまだ生きている。右腕を失って生きている。剣術者としては死んだも同然だった。

兵庫は、真里谷道場に行った。門弟たちも兵庫のことは知っている。

「円四郎さんはどうしている」

「庭です」

と門弟が言った。

兵庫は円四郎と試合をしたことがある。引き分けだった。引き分けにしたと言ったほうが正しいだろう。相打ちでも相抜けでもなかった。たしかにもう一歩進んでいれば、相打ちだったのかもしれない。

兵庫は庭へ回る。円四郎はそこで真剣の素振りをしていた。よい心掛けだ。真剣と木刀では機能が全く異なる。木刀は空気を叩く、刀は空気を裂くのだ。その速度においても格段に違う。

兵庫の姿を見て、円四郎は素振りを止めて刀を鞘《や》に収めた。

剣術は木刀の素振り三年、真剣の素振り三年という。刀を自在に振りまわすには三年の素振りが必要なのだ。ところが、近ごろの剣士は木刀真剣とも一年くらいしか素振りをしない。それで達したと思ってしまう。

「よう、兵庫さん、珍しいな」

「円四郎さんの顔を見たくてな」

「わたしの顔を見ても面白くもあるまい」

円四郎は髭《ひげ》が濃くて美男であった。

「真剣の素振りとはいいことだ。三年素振りをしたからと言って、それでいいということはない」

「茶でも呑むか」

兵庫の茶好きを知っている。ぬれ縁から座敷に上がる。円四郎は稽古《けいこ》着のままである。座敷に入って声をかける。三十ばかりの女が姿を見せた。

円四郎の女房というのではない。女である。円四郎も兵庫と同じように妻を迎えない主義であった。兵法者は妻を持たぬものと決めている。妻を迎えれば子ができる。すると怯えが生ずる。人質にとられるのではないか、殺されるのではないかと。それがいやなのだ。

「兵庫さんは、濃い茶が好きだ」

「わかっております」

と女は言った。

「門弟に刀の素振りをすすめているが誰もやらん。近ごろは袋竹刀《ふくろしない》というのができたのでな。それでポンポンと打ち合うのが楽しいようだ」

袋竹刀とは、竹を細く切り、糸で巻いて馬皮の長い袋に入れる。これで打ち合う。打たれれば痛いくらいですむ。

「うちの門弟で斬り合いのできるのは一人もおらんな。袋竹刀の叩き合いがうまくなるだけだ」

円四郎の門弟は一万人と言われている。日を決めて稽古に来る。

茶が運ばれて来た。口をつけると苦いほど濃かった。女に礼を言う。円四郎の茶は普通の濃さだ。

「そうだ、兵庫さんが来たら言おうと思っていた」

「何だ」

「妙な侍が二人来た。百両を出して鏑木兵庫を斬ってくれ、と言った。わたしはびっくりした。兵庫さんを斬るには、百両は安い。聞いてみたが主家の名は言わない。そんなうさん臭い仕事はできぬ、と言ってやった」

「そういうこともあったか」

「何をやったんだ。二人の侍はまともだった。誰かの紹介というのでもなかった」

「いや、女を一人助けた。侍たちに追われていたのでな。原因はその辺だろう。ところがその女は何も喋らん。やっかいな女を救ったものだと思っている」

「それでどうして兵庫さんが狙われる」

「むこうは、女が秘密をわしに喋ったと思い込んでいるようだ。わしが一番損な役回り

「相手は大名か旗本かだ」

「それが全くわからん。小田木仁斉というのを知っているか」

「知っている。下谷《したや》上野に道場を持っている。たしか念流《ねんりゅう》だったな、念流小田木派と称している。その小田木が兵庫さんに挑んだか」

「仁斉には女房子供がいる」

「兵庫さんに挑むとは、無茶だ」

「腕はいいのだろうが、死の覚悟ができん」

「斬ったのか」

「右腕一本斬って助けてやった」

「斬るべきだったな。兵庫さんらしくないな、相手に情を掛けるなど」

「いや、わしの前に両手をついた。来月、娘が祝言《しゅうげん》をあげるそうだ」

「そういうことに惑わされないのが、兵庫さんの剣ではなかったのか」

「それで、何か心配になって円四郎さんに会いに来た」

「仁斉という男は狷介《けんかい》だと聞いている。腕は立つはずだが相手が兵庫さんでは無理だったか」

「そうではないな。女房子供がいるだけに、死の覚悟ができなかった。わしに負けたのはそれだ」

「剣士はな、それだけの覚悟がないとな。女房子供がいれば、引き受けねばよかった」

「金だよ、百両出されてその気になった。そうだ、もう一つ用があった。浪人を一人、門弟にしてくれんか、それも住み込みで。金はわしが払う」

「道場のことをいろいろやってくれればいい」

「その浪人、片腕だ。いま医者のところで寝ている」

「どういう関わりだ」

「その右腕をわしが斬った。襲いかかって来たのでな」

「放っておけばよかったものを。どうして助けた」

「それがわしにもわからん。よけいなことだったのかもしれんがな」

「全くよけいなことだ。その女のことにしてもだ。その女を楯《たて》にされたらどうするつもりだ」

「斬るしかないな。もう少しおのれを生かしておきたいのでな」

「当たり前だ。兵庫さんは友人だ。友人に死んでもらいたくないな」

だが、いざとなって津香を斬れるかどうかはわからない。

第五章　真言立川流

一

真言宗、隆光はただの坊主ではなかった。生類憐みの令は、もとは隆光である。隆光は大奥に来て、女中たちが飼っている犬を見て生類憐みの令を思いついた。桂昌院に犬のことを告げる。それがそのまま綱吉の耳に届く。綱吉は何も考えずに老中たちに申しつける。

そのあと、次々に出る令はすべて隆光から発している。桂昌院も綱吉も、隆光の言うことをそのまま受け取った。何の疑いもしなかった。男は将軍だけしか入れないはずの大奥に勝手に出入りしている。

どうして隆光の言うがままになったのか。

あとつぎの徳松丸が死んでからは、綱吉に子供が生まれない。側女《そばめ》たちに子を生ませるために祈禱《きとう》する、そして権力を増してきた、と後世の人は言う。だがそれだけで、桂昌院と綱吉を自由にあやつる権力が持てるだろうか。

桂昌院は信心深い女だった。その仏に対する信心は家光から来ている。もともと仏教徒だった桂昌院は、家光によっても仏教を叩き込まれた。そしておのれの信心を綱吉に叩き込んだ。

だがそれだけで隆光の言うことを信じたとは考えられない。

貞享三年、生類憐みの令が出る一年前である。神田知足院の住職恵賢が病にかかり、明日をも知れぬ身となったので、院から桂昌院のところへ知らせが来た。そこで護国寺の亮賢を呼んで、

「知足院は病気で立てないとのこと、しかるべき者を後住に推薦せよ」

と命じた。亮賢はさっそく相州長谷寺の塔中《たっちゅう》慈光院《じこういん》の住職隆光をすすめた。隆光は大和国添下郡《やまとのくにそえしもぐん》二条村《にじょうむら》の生まれである。このとき三十八歳、美僧であった。

隆光は十年以上も山に入って修業を積んだ。ただの坊主ではなかった。世間では俗僧とか妖僧とか言っているが、ただの僧に比べると二倍も三倍も修業を積んでいる。

以来、隆光は桂昌院に愛せられ、綱吉の信頼もあつかった。上野寛永寺も芝増上寺も、

隆光の風下に立たなければならなかった。

世間では、隆光はおのれの勢力を張らんがために桂昌院をそそのかし、桂昌院とは男と女の仲になったと噂《うわさ》していた。

世の識者たちは、桂昌院はすでに五十の坂を越えていた。それにひたすらな仏教徒だから、猥雑《わいざつ》な噂にすぎないと言う。

だが、女は死ぬまで女である。もともとが白豚と言われた肉付きのよい肌の白い女体だった。五十を過ぎたからといってもまだまだ女だったのである。

だから隆光と桂昌院は男女の仲にあったということではない。旗本も、そして老中たちも隆光の正体を知らなかった。

隆光が権力を持つようになったのは、それだけの理由があるのだ。亮賢も高僧ではあるが、隆光ほどの権力もなかったし、桂昌院ものめり込んでいかなかった。

その理由は何か。隆光は真言宗である。真言宗には立川流というのがある。

立川流が公卿《くぎょう》たちの間で流行したのは後醍醐《ごだいご》天皇のころである。

仏教で悟達《ごたつ》という。悟ることである。悟れば欲がなくなる。これは諦《あきら》めの境地である。つまりあとは死ぬばかりぞ、ということになる。欲がないというのは進歩がないということにもつながる。

つまり仏教は死への準備である。だが、そういう仏教ばかりではなかった。立川流の源流は、遠く西蔵《チベット》のラマ教、中国の道教までさかのぼらなければならない。

立川流は、永久《えいきゅう》元年（一一一三）のころ、真言宗醍醐三宝院の勝覚《しょうがく》の弟子仁寛《にんかん》が、罪を得て流されたとき、武蔵の立川から来た陰陽師《おんみょうじ》と会い、ここに真言宗と陰陽道が合流した、とされている。

この説は大いに流行し、後醍醐天皇のころ東寺《とうじ》の文観房弘真《もんかんぼうぐしん》が、教義を完成させた。天皇までが熱烈な信者なった。そして文観は立川流の中祖と言われた。

その教理は他の宗教にまで影響を与えたが、闘争に敗れ、邪教と烙印《らくいん》を押され、江戸時代まで続いていたが、高僧の出ないまま、地に埋もれてしまったという。

隆光は、最後の立川流の高僧であったのだ。立川流は即身成仏、現世利益《りやく》である。生きているまま成仏できるのだ。男と女がまぐわい絶頂に達する。これが成仏であり利益とする。

男と女がまぐわってそこに快感があれば立川流だというのではない。そこにはさまざまな儀式がある。

立川流の行《ぎょう》というのがある。普通の僧のようにお経を唱えることもある。だが、立川流の行は呪術《じゅじゅつ》である。

神田知足院は普通の寺である。だからこの寺では行を行うことはしない。この行のことが世間に知れると困るのだ。

そこで行は、柳沢保明が建てた御成御殿で何度か行われた。

のちに知足院に護持院を作る。この護持院には、本堂が二つあったと言われる。表むきの本堂では普通のお経を唱える。立川流の行を行うときには地下の本堂ということになった。

御成御殿にも仏壇があった。

隆光は、仏壇に向かって経をあげる。隆光の後ろには、綱吉、桂昌院、そして柳沢保明がいる。そして攫《さら》って来られた美女たち、選ばれた僧たちがいる。

やがて、薄ものをまとった女が来て、隆光の後ろに横たわる。薄ものを透かして肌が見えている。

女が横たわると、隆光が向き直る。そして経が呪文に変わるのだ。

唵《おん》賀法里虎《かきやりこ》　吽《うん》　発吒《はった》

唵《おん》阿密栗底《あみりてい》　虎《こ》吽《うん》　発吒《はった》

唵《おん》虎《こ》吽歌娜《うんなう》跋日羅《ばざら》拏曜《だかく》

呪文を唱えていく。合掌し、手をこすり合わせ、目の前に横たわった女の乳房の上に左手を、右手を股間の上にかざす。

肌に触れはしない。すれすれのところにかざして呪文を唱える。すると萎《な》えていた乳首が立ち上がる。そして乳房がわずかだが膨らむ。そして腰が動きはじめる。

女は、アーッ、と声をあげる。すでに兆《きざ》しているのだ。女の後ろにいる人たちも、女を通して兆しはじめる。

女は膝を折り立てて踵《かかと》で体を支える。そして尻を浮かし、その尻を振りはじめるのだ。このとき、女の股間に向かえば、女の切れ込みが潤《うる》み光り、そして伸縮しているのがわかる。

「あ、あーっ、してェ」

と声をあげる。

選ばれた僧たちも勃起させていたし、居並ぶ女たちも腰をもじもじさせている。

「お情を、お情を」

と声をあげてしきりに腰を回す。

綱吉のところへ隆光が這《は》ってくる。彼もまた下半身裸になっていた。一物は勃起している。悶《もだ》える女を見たのだから当然だろう。

隆光は一物の上に手をかざす。

「唵《おん》　矩《く》嚕《る》駄《だ》囊《なう》　虎《こ》　吽《うん》　若《じやく》」

と呪文を唱える。これは男の火竜を強くする呪文である。

桂昌院もうつろな目になっていた。そこに仰臥《ぎようが》すると、隆光がその下腹に手をかざし、

「唵《おん》　咄《しゆ》嚕《ろ》底《ち》　寒《そ》嚩《り》底《ち》　駄《だ》羅《ら》抳《に》　虎《こ》　吽《うん》　嚯《かく》」

これは女に宿る火竜を強める呪文である。桂昌院は奇妙に腰をくねらせながら、急いで隣室に入った。そこには男が待っているのだ。

女は膝を折り股を開いて待っている。綱吉は女陰に向かって合掌した。立川流では女陰は仏である。男根もまた同じである。

「早く、早く」

女は声をあげる。指で切れ込みを開く。そこは流れ出しそうに露が湧いていた。一物を没入させる。女は悲鳴を上げて抱きついて来て、とたんに気をやる。

「気がいくうっ」

と叫んだ。

呪術をかけられた一物は、はじけそうに充実している。綱吉の一物は、普段、立つには

立つがそれほどの力はなかった。時間をかけても二度放出すると、三度目は立たなくなる。当然快感も充分ではなく終わってしまう。

それが呪術をかけられているため、一物は充実し、時間は五倍も保《も》つ。そして、女は悶え喘《あえ》ぎ、失神する者も出てくる。女の快感もいつもの四、五倍にもなる。

これが即身成仏である。生きたまま成仏できるのだ。ただのまぐわいではない。

これが立川流の基本である。立川流にはさまざまな形がある。だが隆光は女の肌には触れない。女は抱かないのだ。女を抱けば呪術が薄くなってしまい、抱かれた女はそのまま昇天してしまうのだ。悶死《もんし》するのだ。

それでもいいから抱いて欲しいという女もいる。死んでしまうほどに歓喜が強いのだ。

僧たちは女に挑む。女たちは股を開いて待っている。僧たちは女陰に合掌してからのしかかっていく。

あたりに女の悲鳴が湧く、男の体の下で悶え狂う。男たちは火竜の呪文を受けていないので、普通に放出する。だが女たちは萎《しぼ》んだ一物を口に咥《くわ》えてしゃぶる。

「早く大きくして」

とせがむ。

二度、三度と女の要求に応える。男には、限度がある。四度目は立たない。そこで女は隆光にお願いする。

隆光はあぐらをかいて坐っている。その股間に顔を埋める。隆光の一物がある。尖端に唇や舌を当てると、ピリピリと痺《しび》れる。

そのまま僧の一物を咥える。すると萎縮《いしゅく》した一物がたちまち勃起するのだ。不可思議なことだ。これが法力というものだろうか。

隆光の体はそのままご本尊のようになっている。隆光が指を一本、女陰に埋めてやると、女は悶え狂い、次々と気をやって失神する。

綱吉が抱いている女は、数えきれないほど気をやって悶絶した。一物を引き抜く。隣にはすでに股を開いた女が待っている。切れ込みを流れるほどに潤ましている。

綱吉は、そこに合掌してから一物を没入させる。女は、

「キャーッ」

と声をあげてしがみつき気をやるのだ。綱吉は法力がかかっているから疲れない。女は勝手に気をやるのだ。女の襞《ひだ》はしきりに一物を捕らえようとうねる。

続けざまに気をやって女は失神する。そして次の女がいる。綱吉は普段一度に何人もの女を御《ぎょ》する力はなかった。一人で充分だった。

何人もの女とまぐわえるというのは、それだけ精力が強くなっているのだ。綱吉にして

も信じられないことだった。何人もの女を抱けば、終わったあと、がっくり疲れる。だが、術を掛けられているから、終わったあとでも疲れはない。

桂昌院は、隣の部屋で、若い美男僧に抱かれて悶え狂っていた。この僧は術はかけられない。だが女陰に火竜の術をかけられている。何度気をやっても、もういい、ということはない。

色即是空《しきそくぜくう》ではない。空にしてはならないのだ。色即是実である。色は空であってはならない。空だと悟ってしまうと、人は死んだも同じということになってしまう。

色即是空の〝色〟は、色気とか色狂いとか言うのではなく、一般の欲望をさす。つまり色即是空は、人としての欲を捨てよ、ということである。金もうけにしてもしかりである。

俗歌に次のようなのがある。

食うてババして寝て起きて、
さてその後は死ぬばかりぞ

これが人間の悟りの境地である。よけいなものは一切除外する。それでは、何のために生きているのかわからない。鳥獣と同じである。いや、鳥獣だって子孫を残すためにまぐわいはする。争いもする。

人が欲を持たなければ人間は進歩しない。

ある島にある種族が四百年前に流れついた。海でクジラを年に十頭捕れば、島民は生きていける。この一族はキリスト教徒だった。

神に祈りながらクジラを捕る。途中、捕鯨船《ほげいせん》が入って来たことがある。捕鯨船でクジラを捕れば簡単に、それも二十以上も捕れるのだ。

だが、島民はこの捕鯨船を拒否した。むかしながらの原始的なクジラ捕りである。島民は四百年間、全く進歩していないのだ。

信仰は、人間を進歩させない。隆光はそういう仏教では駄目だと考えた。つまり悟らない仏教が必要であると。

更に死んでから成仏するのではなく、生きているうちに成仏させようという考え方だ。欲というのは人を進歩させる。そして思ってもいないものを作り出す。

辻斬り、強盗、押し込み、人殺し、詐欺、手込め、犯罪もまた欲望である。隆光はこれすらも罪とはしない。それを押さえるのは幕府の法であって仏法ではないのだ。

普通、仏教では、罪を犯せば地獄に行くと言って人を脅す。そしていくつかの地獄を絵に描いてみせる。

真言宗では、いやそうではなく、隆光はと言うべきだろう、地獄など教えない。自分の欲に正直に生きよ、と教える。捕らえられて首を打たれても、自分がやったことなのだから納得できる。梟首《きょうしゅ》にされてもである。

綱吉は五人目の女にしたたかに放出した。自力では立ち上がれない。女たちが一物をしゃぶる。だが何の反応も見せないのだ。

そこに隆光がやって来て、火竜の術をかける。するとまたむくむくと立ち上がってくるのだ。一物が充実するだけではない。心も体も充実して来るのだ。

隆光は文観以来の高僧だが、文観もそうであったように隆光もおのれの呪術を世に広めようとは思っていない。

二

鏑木兵庫は、その日、道三河岸の柳沢出羽守の屋敷に足を向けた。屋敷には柳沢はいなかった。まだ城中なのだ。

屋敷の入口には門番がいる。門番は、少々お待ちを、と言って奥に入る。やがて侍が出て来る。侍がどうぞと言う。

侍たちもまた兵庫のことは知っている。

「どうしても、殿にお会いになりたいのか」

「そういうわけではないが」

「ならばご家老でよろしかろうか」

「けっこう」

上がるかと侍が言ったのに、兵庫は上がらなくてよい、と言った。柳沢の下城を待つ気にはならなかった。庭へ回る。

庭をうろうろしていると、家老の藪田五郎左衛門《やぶたごろうざえもん》が縁に出て来て坐った。

「それがしで用の足りることでござろうか」

「足りる。少々無心したい」

五郎左衛門はふところから袱紗《ふくさ》包《づつ》みを取り出して縁に置いた。膨らみからして五十両だ。

「これで足りましょうや」

浪人に対するには言葉使いもていねいである。保明があのとき討たれていれば、柳沢家はなくなっている。兵庫は大恩人なのだ。

「けっこう」

と言って金包みを手で掴んでふところに入れる。

「わしが、このように金を無心に来るのは、面白くないことであろうな。少しくらい、いやな顔をしてはどうかな」

五郎左衛門は笑った。

「当家はそれほどケチではありません。一万両と言われれば、少し考えますが。いつでもおいで下され。この五郎左衛門、いつにても快くお会いいたします」

「柳沢家は、金には不自由しておらん、ということですな」

「その通りですな。貢《みつ》ぎものが少なくありませんのでな」

保明は、綱吉の信任第一である。それだけの権力を持っている。保明にそっぽを向かれたら、旗本はもちろん、大名だって安心してはいられない。つけ届けは常にある。

保明は、いつごろからか賄賂《まいない》は受けないと言い出した。持って来ても突き返す。それで大名たちは困った。賄賂をもらうと気が重いのだ。その大名のために何かをしてやらなければならない。

ある日、大名の一人が保明に、夜食を届けた。すると保明は受け取った。彼は夜食を食う習慣があった。

夜食ならば保明が受け取る、と聞いて大名たちは夜食を届けるようになった。もちろん家来たちが、いろいろ工夫して夜食を作って届けるのだ。

夜食少将と呼ばれていた。

田舎大名の浅野《あさの》内匠頭《たくみのかみ》は、そのことを知らなかった。内匠頭のせいではない。その家臣たちの罪である。

江戸家老とか留守居役がいる。保明の夜食については知っていたはずである。それなのに誰もそのことを考えなかった。

夜食を届けなかったために、吉良《きら》上野介《こうずけのすけ》に意地悪をされ、松の廊下で刃傷《にんじょう》となった。もとは柳沢だったのだ。保明は上野介に〝田舎大名は困る〟と言った。夜食のことも話に出たのかもしれない。

「ご同感でござる」

と上野介も言った。

江戸家老と留守居役は何をしていたのだ、ということは赤穂《あこう》浪士の文献にはない。全責任は留守居役にある。家臣たちは夜食少将のことなど内匠頭の耳には入れなかった。

保明に夜食を一度でも届けていたら、上野介もいじめることはなかったかもしれない。浅野家中には、そこまで気の回る家臣が一人もいなかった、ということになる。

やはり大名家が生きていくにはつき合いということがある。人並みのことはしなければならない。

そのために、大名は留守居役というのを江戸に置いている。浅野家改易《かいえき》の責任は留守居役にある。

浅野家は、勅使の接待役だった。五人ほどの大名が接待役につく。内匠頭以外の大名はみな夜食を届けていた。内匠頭一人がそれを無視した。

もう一つは、出費である。他の大名は八百両ほどの金を出している。それが浅野だけは四百両ですまそうとしている。

この接待役の頭だった上野介にしては面白くない。内匠頭をいじめたくもなろうというものだ。

上野介だけが悪者のように言うが、浅野家は世間を知らなすぎた。家臣たちの責任である。つき合い方がどのように大切なことかを知らなかった。大石良雄《おおいしよしお》が腹を立てたのは幕府や吉良上野介ではなく、おのれの藩の留守居役だった。

これは元禄十四年のことである。もっとあとのことになる。

兵庫は、柳沢の屋敷を出た。いまは気持よく金を出してくれているが、そのうち渋い顔になるだろうと思っている。保明が金を出してくれる間は、兵庫も金にこだわらなくてすむ。

道三河岸を堀沿いに歩く。そして呉服橋を渡り、一石橋《いっこくばし》も渡る。堀沿いにむこうに常盤橋が見えている。その橋の手前、道の右側に御成御殿がある。普通の武家屋敷の造りである。

堀の下を覗《のぞ》いてみた。そこにぽっかりと穴が空いていたのである。将軍が御殿においでになるときは、城から舟でおいでになる。その舟は道路の下をぐって直接御殿にたどりつけるようになっている。

「なるほどな」

と呟《つぶや》いた。舟から上がって道を渡って御殿に入るような面倒なことをしなくてもすむように造られている。これはもちろん、保明の考えである。

保明は自分の屋敷へは駕籠《かご》でもどる。道三河岸に舟をつければいいようだが、舟を降りてから屋敷までは少し歩かなければならない。

穴を覗き込んでいると、警護の侍に声をかけられた。顔を向けると、

「ああ、鏑木さんでしたか」

御成御殿は保明が造ったものである。柳沢家の家来が警護していて当たり前だ。

「御殿に、将軍家はみえられるのか」

「ええ、ときどき」

くわしいことは喋ることはない。兵庫は手をあげて歩き出した。もちろん御殿の中で何

が行われているのかはわからない。

竜閑橋《りゅうかんばし》まで来たとき、人が出て来て、わっ、と兵庫を囲んだ。十五人ばかり。みな襷《たすき》を掛け、袴《はかま》のもも立ちを取り、頭には鉢金を巻いていた。

一体何だろう、と思いながらも刀を抜いていた。一応侍のなりはしている。兵庫を討つつもりのようだ。

「どういうことだ。わけを申せ」

と叫んだ。十五人をどう斬るのかを頭の中に描く。

「人違いではないのか」

十五人の者たちが刀を抜いた。抜く前に斬るべきだった。三人くらいは斬れたであろう。

少し離れて男が一人立っていた。その男の右腕がなかった。

「そういうことか」

と思った。

小田木仁斉だった。右腕を兵庫に斬り落とされて、そのますます男ではなかった。真里谷円四郎は斬り捨てるべきだった、と言った。その通りだったのだろう。

情をかけすぎたのだ。

「まだまだだな」

と呟く。人斬りになるのはまだまだと思ったのだ。何の感情もなく斬り捨てるべきだった。だが、仁斉は刀を投げ捨てて両手を地についたのだ。

娘が嫁に行くから助けてくれ、と言った。坐っている者を斬るのはむつかしい。そこで右手首だけを斬って許してやった。

それが仇《あだ》になった。十五人は仁斉の門弟だろう。兵庫を生かしておいては、百両はもどさなければならない。それに、自分が両手をついた兵庫を生かしておきたくはなかったのか。

着流しの浪人がゆっくりと出て来た。その目つきは陰惨だった。目は異様に炯《ひか》っている。顔もまた頬がこけていて鬼を思わせた。三十五、六か。両手をふところに入れて幽鬼のように立っている。

仁斉とは違う。人を数多く斬って来たのだろう。そういう臭いもある。

「わしは仁斉どのに世話になったのでな」

だが、この浪人は兵庫を知らなかった。仁斉はこの浪人にも門弟たちにも、おのれがいかに負けたかは喋らなかった。

「恨みがあるわけではないが、斬らねばならぬ」

兵庫など容易だと思っている。浪人はふところから両手を出した。兵庫は走った。浪人はあわてた。鯉口《こいぐち》を切らないで先に刀を抜こうとした。

抜けない、それでますますあわてた。それでも一尺ほどが抜けた。兵庫は、その右手首を斬り落としていた。

油断である。兵庫を甘く見ていた。門弟たちの手前もある。格好つけて兵庫を斬りたかったのだろう。

浪人は目を剝いた。手首が刀柄にぶら下がった。その重さで、刀が鞘を滑り出て来る。

「おのれ」

と叫んで鬼になった。

兵庫は刀を薙《な》いだ。とたんに右へ走っていた。そこで転んだ。門弟の脛《すね》を薙いだ。二人の門弟が刀を投げ捨ておのれの膝を抱いて転がる。

その刀を拾って投げた。刀は門弟の胸に吸い込まれるように刺さった。

そのときになって鬼の首が転がり落ちた。首を失った肩の間から血が噴き上がる。門弟たちは、その血を浴びて騒いだ。

浪人のあとの門弟は人を斬ったことのない者たちである。兵庫は足もとに転がった浪人の髷《まげ》を摑んで首を投げた。門弟の一人が首を胸で受けた。

その門弟の首を薙いだ。首が落ちる前に髷を摑んで持ち上げた。首が胴を離れてから、ピューッと血が噴き上がった。その血が門弟たちの顔や体にかかる。

それだけで戦闘気力は失われてしまう。首のない屍《しかばね》が浪人の首をかかえて立っている。妙な光景だった。

まだ、あと九人いる。四、五人は血を浴びてうろうろしている。あとの四、五人は刀を正眼に構えている。斬り込むかどうかに迷っているのだ。

小田木仁斉は、むこうに立って見ている。仁斉は、兵庫を斬るのは、浪人一人で間に合うと考えていたらしい。

浪人もそれだけの腕は持っていたのだろう。自負のある剣士ほど、ゆっくり刀を抜きたがる。腕は自分の方が上だから、ゆっくり抜いても間に合うと考える。兵庫をなめてかかっていた。

油断ではない。高慢だったのだ。兵庫が一気につけ込んで来るとは思わなかった。

浪人はおのれの術を何も出せないで果てた。浪人が斬られて門弟たちはあわてた。

兵庫を侍たちが囲んだといっても一度に斬りかかれるわけではない。斬りかかれるとすれば四人である。兵庫は四人を相手にすればいいわけだ。

以前は大勢に襲われたときは、血路を開いて、逃げながら一人一人を斬っていた。

宮本武蔵は〝多敵の位〟ということを書いている。大勢の敵に囲まれたときの斬り方である。

四人が一度に斬り込んで来たとしても、それに応じることはできる。四人は左右に仲間がいる。それで上段からしか斬って来られないのだ。横に薙ぐことはできない。囲まれたときは、正面の敵は斬らない。左手の敵から斬っていく。左手、右手、後ろの敵は、はじめに斬られるのは自分ではないと思っている。だからいくらかの油断がある。斬りやすいのだ。

後ろにいた敵は、左手になるわけだ。次は自分だと思って体を堅くする。くるりと向きを変えて正面を向くと右手の敵を斬る。

そして正面の敵に向かう。刀は背後に向ける。斬って来られないようにだ。刀を前にもどす。すると背後の敵が上段から斬りつけて来る。

振り向きざまに刀を薙ぐ。刀を摑んだ両腕が落ちる。正面の敵はいつまでも、けんせいしながら残しておくのだ。

武蔵は、斬った相手の屍と血については何も書いていない。屍と血も利用しない手はないのだ。

血を浴びると動けなくなる。血溜まりは滑る。また屍は楯《たて》になってくれる。味方の屍を踏み越えなければ斬り込めない。踏み越える間に隙《すき》ができる。

相手が正眼に構えている。兵庫は片手で刀を宙に舞わせる。パカッと音がして、髷をつけた皿がとぶ。

蓋《ふた》をとった豆腐鍋《なべ》のようになる。湯の中の豆腐のように白いものがゆらゆらと揺れる。皿をとばされた門弟は、おのれの刀の先に兵庫の胸がある。腕を伸ばして突けば、剣尖は突き刺さる。

だが、体がゴチゴチに堅くなっているから動けないのだ。兵庫はそれを見越している。斬り合いのときには、ただおのれの術を使うだけではない。相手の心理までも読まなければならない。

はじめの浪人は腹の中まで兵庫に読まれてしまっていたのだ。

門弟が一歩踏み込みながら上段に振り上げる。兵庫は余裕をもって胴を薙いだ。切っ先三寸あまりが腹にめり込む。腹を裂きながら、刀は右腹から左腹へと移動していく。

門弟はおのれの腹を目を剥いて見ていた。腹を裂かれれば死ぬということは頭の隅にある。だが、痛みは感じないのだ。体をひねると、腹がよじれて傷口が開き、臓腑《ぞうふ》がぬるりと出て来る。

それで刀を投げ出し、両手で腹を押さえてしゃがみ込む。手当てをすれば、三日は生きていられるという。だが、だんだんと痛みだして来て、それがひどくなる。

死ぬまでには、おのれのことを考える余裕がある。余裕があるだけに次第に泣けて来るのだ。

兵庫は、二階堂流《にかいどうりゅう》の剣を使う。二階堂流平法という。平法の平は平和の平ではない。平の字を分解すると、一、八、十になる。一は水平斬りである。八は右袈裟《げさ》、左袈裟である。十の縦棒が、雁金《かりがね》であり、唐竹割《からたけわ》りである。

二階堂流では、横の薙ぎを三年間やらせる。その間、他の稽古《けいこ》は一切無用である。木刀で横薙ぎの素振りをやらせる。横薙ぎ用の筋肉をつけるためである。

三年間、木刀の素振りをやるということは前にも書いた。上から振り降ろす素振りは、そのための筋肉をつけるためでもある。

そして横薙ぎには五段がある。頭骨の皿をとばす。第二に首をはねる。第三に相手の胸を薙ぐ、これは心臓を狙う。四段が胴抜きだ。五段が腿を薙ぎ切断する。

三年間の横薙ぎと、五段斬りが自得できれば皆伝である。あとはつけ足しでしかない。

この術を会得《えとく》するには十年かかる。

隆光が立川流に十三年をかけたというのは、剣術の修業にも似ている。

ただし十年間修業して二階堂流の達人になれるかというと、そうではない。その上に素質、天性というものがあるのだ。隆光にも天性のものがあったのだろう。

門弟たちには刀は振りかぶるものという思い込みがある。それにまず正眼に構える。それが癖になっている。正眼は守りである。

振りかぶるか横に引くか、一つの動きを加えなければ相手を斬れない。直接の攻撃にはならないのだ。相手を斬ろうという思いがあるのなら、別の構えを取るべきなのだ。

そういう実戦のことは道場稽古では教えないのだ。正眼に構えて、おう、と気合をかけて打ち込み叩き合う。それが礼儀である。斬り合いには礼儀などない。斬られてから卑《ひ》怯《きよう》などと言ってもはじまらないのだ。

斬り合いは失礼からはじまる。刀を抜けばそのときから斬り合いだ。浪人のように抜かないうちに斬られてしまうこともある。

兵庫は刀を右手に下げ、左側に引き寄せておいて、逆袈裟に斬り上げる。門弟はあわてて一歩退く。本来は退いてはならないのだ。逆袈裟は見せ太刀《だち》である。門弟は逃げられなかった。退くとそこにつけ込んで来る。兵庫は雁金に斬り下げた。門弟は逃げられなかった。退く足よりも追い足のほうが早かったのだ。

先に左手首が斜めに削《そ》ぎ斬られた。それが刀柄にぶら下がる。左肩は一尺五寸ほども斬り下げられていた。

相手が刀を正眼に構えていても、それは無視した。相手は動けないのだ。動けないのを見極めている。だから斬り下げられる。

残った門弟たちは逃げ出した。おのれらの腕では兵庫が斬れないことを知ったのだ。浪人が斬られたときからそれはわかっていた。だが、十五人で囲んで斬れば斬れるかもと思ったのだ。

仲間が一人二人と斬られていく。だが、よくがんばった。十五人が五人になるまでがんばったのだ。賞すべきだろう。

小田木仁斉も逃げ出した。兵庫はそれを追う。仁斉は走りが遅かった。右手首を失って走る調和が悪かった。兵庫はたちまち追いついた。

仁斉はまた這いつくばった。

「許せ、助けてくれ」

と叫んだ。仁斉を斬らなかったために、十人の門弟が死んだ。

兵庫は刀を逆手に持って、力まかせに頭を突き刺した。剣尖は頭骨を突き破った。刀を引き抜く。三寸あまりが頭に刺さっていた。

兵庫は刃を拭《ぬぐ》いながら歩く。歩きながら息をつく。

三

綱吉の御台所《みだいどころ》は、鷹司関白《たかつかさかんぱく》の娘である。上品で美人であったが、綱吉には面白くない女だった。

生まれが高貴なだけ、綱吉に抱かれても乱れることはない。人形のように横たわっているだけである。男と女のまぐわいにのめり込んでいくことはなかった。

代々、将軍の正妻というのは置物である。将軍だってそんな女にまぐわいのことを教える手間は掛けられない。すでに出来上がっている女は多いのだ。

その点、愛妾《あいしょう》のお伝は違っていた。将軍に対しさまざまな奉仕をする。お伝は黒鍬者《くろくわもの》の娘である。綱吉の愛妾になる前に男を知っていた。加えて大奥の権力を得たいために努力する。それに美人でもある。

頭も悪くないし、桂昌院ともうまくやっている。桂昌院の敵になっては大奥で力を持つことはできない。だから桂昌院に気に入られようとする。

御台所はお伝に対して悋気《りんき》はしなかった。綱吉の寵《ちょう》を受けようとは思ってもいなかった。だから、いかにお伝が権力を持とうと気にならなかった。御台所は、自分勝手で好色な綱吉が好きではなかった。

だが、侍女たちはそうはいかなかった。お伝の方が権力を持つと口惜しくてならない。お伝の方を追い落としたい。

御台所の上臈《じょうろう》に萬里小路《までのこうじ》の局《つぼね》というのがいた。それで京にいる御台所の母親、新上西門院《しんじょうさいもんいん》へ、ことの次第を申し上げ、絶世の美人をおつかわし下され、と願った。

新上西門院が目をつけられたのは、京都御所に仕える常盤井《ときわい》の局だった。彼女は水無瀬《みなせ》中納言《ちゅうなごん》の娘で才覚と気品のある美女だった。

常盤井の局は、江戸に下向して御台所付きの上臈となった。綱吉は彼女を一目見て気に入った。お伝とは違った質の美人だった。京一の美人だから気に入らないわけはない。お伝だってガサツというのではないが、常盤井の局は色が白く気品があり、それにしなやかそうな体つきである。

京の女は顔が丸く小さい、そして首が長いのが特徴である。江戸の女とはまるで違う。肌の白さやなめらかさだけでも大違いなのだ。

綱吉は御台所に所望して、彼女を将軍付きとして、奥表総女中の支配を兼ね、名も右衛《うえ》門佐《もんのすけ》と改めた。

右衛門佐は、綱吉の寵愛を受けて五の丸の別御殿に住むようになった。

そのころ、お伝は小谷《こや》の方《かた》と改名した。お伝よりも小谷の方のほうが何となく品がいい。

もっとも小谷権兵衛の娘だから、当然といえば当然である。

以来、大奥は二党に分かれた。小谷党と右衛門佐党である。側用人も老中も、この二党のあつかいを間違えると地位から落とされる。

この二党の間を巧みに泳ぎ回ったのが柳沢保明だった。

綱吉は、徳松丸の死去以来、子が生まれないのだ。女は多いのに誰も懐妊しない。綱吉もすでに四十を過ぎている。やはり、将軍家は自分の子に継がせたかったのだ。

この上は神仏に祈願するより外はないと、桂昌院と綱吉は隆光を呼んだ。

「いかにしても子孫繁昌するよう祈禱《きとう》に丹精すべし」

と命じた。祈禱となれば大法である。さっそく、

「かれのために一宇《いちう》建立《こんりゅう》致してつかわせ」

ということになった。

綱吉も桂昌院も、小谷党と右衛門佐党との争いを知らなかった。綱吉にとっては懐妊するのはどちらでもよかったのだ。

江戸城の鬼門に当たる神田橋に五万坪の土地を下し、旗本たちの屋敷を引き払わせ、ここに東照宮を造営し、別当の知足院をあらたに建立することになった。

隆光は自分の力がどこまで通用するかを試すときでもあった。

元禄六年六月に竣工《しゅんこう》した。東照宮は装束所、御供所、瑞垣《みずがき》、唐門などに至るまで、上野の寛永寺のそれと同一の社殿を有した。知足院は、本堂、経堂、護摩堂、大師堂、常行堂《じょうぎょうどう》、鐘楼《しょうろう》まで豪華に造られた。

七月一日、綱吉は参詣して、寺中を見て回った。ところが知足院本坊の普請《ふしん》に他の諸堂に比べて見劣りする用材があるのを発見して激怒して城に戻った。

間もなく普請総奉行の大久保佐渡守忠高《おおくぼさどのかみただたか》はお役御免、普請奉行堀田甚右衛門《ほったじんえもん》以下、材木方山角権兵衛《やまかくごんべえ》、大工棟梁小沢筑後守《とうりょうおざわちくごのかみ》などは、三宅島などに遠島になった。

普請を急いだために、用材を取り寄せる日時がなく、江戸にある材木から選んで造った。綱吉に用材などわかるはずはない。いちゃもんをつけたのは隆光だった。隆光は普請の役人や大工たちが気に入らなかったのだ。それを桂昌院に告げたのだ。

綱吉の怒りにニヤリとなった。まだまだ権力は通用するのだと自信を持った。

さっそく本坊改築ということになった。総奉行には柳沢保明が任じられた。保明は可能な限りの人材と用材を使って竣工した。

再び綱吉は参詣し、本坊を見て回り、満足した。そして筑波山知足院元禄寺と称し、関東真言宗の大本山とした。ここで若君懐胎の大修法《しゅほう》を行うことになった。

知足院は、のちの元禄八年九月、護持院と名を変え、同時に隆光は大僧上になった。

この功によって柳沢保明は、側用人上席となった。

隆光は真言の秘法を尽くして男子出生の祈禱を行った。そのために生類憐みの令はますます厳しくなる。

隆光の祈禱はむなしくはなかった。右衛門佐が懐妊したのである。綱吉も桂昌院も大よろこびである。だが、小谷の方としては面白くない。もし右衛門佐が男児でも生めば、小谷の権力は失墜してしまう。ただ、じっと出産を待っているわけにはいかない。

小谷の方は、秘かに右衛門佐の流産の呪法を行わせた。女の争いというのは残酷なものである。

ある日、綱吉は大奥女中たちを引き連れて、吹上苑で観梅の宴を開いた。

そのとき綱吉は、女たちに歌を詠《よ》ませた。右衛門佐の歌は、

御園生《みそのう》のしげれる木々のその中に
ひとり春知る梅の一本《ひともと》

まことこのような歌であったかどうかはわからない。後の人の創作であろうと言われて

いるが、資料にはそのように載っている。

まこと右衛門佐が詠んだ歌だとすれば、いかにも露骨である。

御園生は、大奥のことだ。大奥には女たちが三千人もいる。その中で春を知って倖せなのは自分一人だということになる。小谷の方への当てつけでもある。

綱吉をはじめ周りの者たちは、この歌を秀逸とした。この歌では右衛門佐の腹の中は見え見えである。

「その短冊を局の好きな梅が枝《え》に結びつけよ」

と綱吉が言った。

右衛門佐は足次《あしつぎ》に乗って短冊を梅の枝に結びつける。足次から降りようとしたとき、ぐらぐらと揺れた。

右衛門佐は、悲鳴をあげて足次から転がり落ちた。腹をどたりと打つ。それが因《もと》で流産してしまった。

この話は出来すぎである。作られた話だ。身重の右衛門佐を綱吉が足次に乗せるわけがない。足次がぐらぐらしたのは小谷の方の仕掛けであるという。

ただ、右衛門佐が流産したことだけは確かなようだ。綱吉も桂昌院も落胆する。小谷党だけがよろこぶ。

女の争いには、真言宗の大修法も潰《つぶ》されてしまったということになる。

四

小谷の方は無念でならない。上さまの寵は右衛門佐に移ってしまっている。小谷はすでに三十代である。

三十女はよきものであるが、綱吉は十数年も小谷を抱いて来ている。小谷の体には飽きたのだ。

他に女がいなければともかく、美しい女、右衛門佐がいる。他にも女はいろいろといるのだ。

このままでは、綱吉の情は自分にはもどって来ない。すればどうしたらいいのか。権力だけは保ちたいのだ。

上さまの心を捕らえるには、美女を他に求めて上さまにすすめるしかないと考えた。それで桂昌院に相談して、彼女から柳沢保明に周旋方を頼んだ。

右衛門佐よりいい女を連れて来い、ということだ。美女となれば京である。幸い、保明の妾《めかけ》の父親は正親町大納言実久《おおぎまちだいなごんさねひさ》である。

保明は書状で大納言に頼んだ。大納言は、幕府の大事だからと美女を物色する。保明への依頼者は小谷の方で、その背後には桂昌院がいる。桂昌院の言うことなら何でも聞く綱吉がいるのだ。

美女がいた。禁中長橋《ながはし》に勤める大典侍 局《おおすけのつぼね》である。右衛門佐と同じほどの美女ならば、新しいほうがいい。公卿清閑院《せいかんいん》の娘であるから身分としても申し分ない。

大典侍局は京を発して江戸に着き、桂昌院の三の丸の住居に着いた。ほどなく綱吉の目についた。

綱吉はさっそく大典侍局にのめり込む。別殿を造ってそこに住まわせ、北の丸殿と呼ぶことにした。

この功によって保明は三万三千石の大名になった。

北の丸殿への寵愛が、かつてのお伝以上だというので、小谷の方も安心した。今度は、右衛門佐のほうが淋しくなる。何とか方法を考えなければならなくなった。

隆光が知足院を建て替えさせたのにはわけがあった。本堂の地下に隠れ本堂を造らせるためであった。その普請をやったのは柳沢保明である。隆光は保明を信用していた。

そして地下本堂もめでたく出来上がったのである。外見からは地下があるようには見えない巧みな造りである。

大奥の女中たちが参詣に来る。はじめは本堂で経をあげる。そして一人ずつ地下に誘う。そして、女中たちを地下本堂に誘い込むと、隆光は、経を呪文に変えるのである。

周りに坐っているのは、全国から集めた若い僧たちであった。美男僧である必要はなかったのだ。男であればそれだけで間に合うのだ。

隆光の前には、素肌に薄ものをまとった女が仰向けになる。素っ裸でもいいのだが、それでは刺激が強すぎる。

後醍醐天皇に寵された文観は、行はすべて全裸の女体で行った。そのほうが効果があるというわけではない。着衣のままでも効果は変わらないのだ。

隆光は、呪文を唱えながら合掌し、手を擦《こす》り合わせる。そして左手を乳房の上に、右手を下腹部にかざす。そして呪文を唱えつづける。

地下本堂は燭台に灯はともっているが、薄暗い。明るいよりもこのほうが雰囲気が出て来る。

若い僧たちは、それぞれ手に髑髏《どくろ》を持っていた。

女たちを悦びに狂わせるのは、ただの遊びではなかった。真言宗の修法なのだ。決まった日にこれを行わないと、法力が弱くなってくる。

一段と呪文の声が高くなってくる。半裸になって横たわっている女は、大奥女中の一人だった。薄ものだから、肌は透けて見える。乳首の赤いのが見えていた。

男に接することはできなくても、女同士が抱き合い肌を探り合うのだ。もちろん乳首も吸い合う。女陰に男形というのを使う。牛若丸とも言う。

男がいないので、こういう楽しみ方をするしかないのだ。女中たちの体はすでに熟れている。体には本能がある。男が得られないので女の体で代用するのだ。

「あーっ」

と声をあげた。

体を反り返らせる。乳房はしこっていた。女は膝を折り立て、尻を浮かし、その尻を回しはじめる。

「はやく、一物が欲しい」

と声をあげる。この女の体から居並んでいる大奥女中たちに快感が伝染していく。女たちの尻がくねりはじめる。妖しい光景だった。

その快感は若い僧たちにも移っていく。僧たちは、下半身をさらす。一物は怒張していた。

女たちが僧の前に坐って怒張した一物に合掌する。そして手を伸ばし、両手で一物を包み込むようにする。

「ああ、一物さま」

と声を発する。

横たわった女は、すでに悶えていた。

「早く、一物を」

と口走る。女は大きく股を開いた。切れ込みから露が流れ出していた。そして壺口《つぼぐち》がひくひくと伸縮している。

女は指でおのれの切れ込みを開いていた。若い僧は合掌して女陰を拝む。すでに指を使う必要などなかった。僧はおのれの一物を摑み出して、濡《ぬ》れた切れ込みに当てる。手を上下させる。

「あーっ、気持いい」

と声をあげて腰を弾ませる。一物の尖端は肉の芽に押しつけられていた。腰が動く。女の手が伸びて来て、一物を摘《つま》む。そして尖端を押しつけ手を震わせる。それだけで気をやりそうになる。

尖端を壺口に当てた。腰を浮かせる。尖端はツルンと滑り込む。

「わっ」

と叫んで女は僧にしがみつく。そして一気に絶頂に達する。続けざまに気をやる。

「腰の骨が外れる」

と叫び、

「死にそう、死ぬ」

と声をあげる。

男が放出すると、男と女は、女の股間の樹液を指でとって髑髏に塗りつけるのだ。何度も何度も塗りつける。

塗りつけているうちに萎縮した一物は立ち上がる。女は四つん這いになって尻を突き出す。僧はその尻を抱く。

快感は法悦であり、気をやるのは成仏である。女は何度も数限りなく気をやる。

第六章　側用人《そばようにん》

一

鏑木兵庫は、住まいを出ると、本郷の医者の家に向かった。

菊田一太郎は傷口も治り、右腕を斬られる以前よりも体力ができていた。医者がこれほど面倒を見てくれたのは、一太郎が金を持っていたからである。

金を払って医者の家を出る。

「どうして、わしにこれほど親切にしてくれるのか、わしは鏑木さんを斬ろうとした一人だ」

「あんたの持っている運だろうな」

「わしはあのとき死んでいた」

「そう。生かしておいて何かを聞こうと思った。それで右腕を斬った」

「知っていれば、何でも話した。わしらの頭であった者も、何一つ知らなかったはずだ。わしらは理由《わけ》を知る必要はなかった。鏑木さんを斬って金をもらえばそれでよかった」

「その金はわしがもらった。そして半分を菊田さんに渡した」

「それで治療も受けられた」

「運だな」

兵庫は一太郎を辰巳屋に連れていった。みなりを少しまともにするためだ。旦那《だんな》の清右衛門が出て来た。

「鏑木さん、この間、おかしな侍が二人来た。腰元風の女が店に来てみなりを変えなかったかと。それであんたの連れの女のことを喋った。いけませんでしたかね」

なるほどそういうことだったのか。それで津香の居所がわかった。侍はそれで浪人を雇い、兵庫を襲わせたのだ。

「でも、あんたの名前は言わなかった。申しわけないことをした」

「清右衛門さん、気にしないでいいんだよ」

襲った浪人の一人がこの菊田一太郎だったのだ。いくらかましな着物に替えてもらった。袴《はかま》も替える。同じ古着でもものによって違ってくる。

「お代はいりませんよ」

と言う。詫《わ》びのつもりだろう。そうか、と言って店を出る。

「これから、どうするんですか」

「剣術道場に入ってもらう。左手で刀をあつかえるようになってもらわなければな」

「どうして、そこまで」

「菊田さんが、これからどう生きていくかを見たいんだ」

「わしのことなど放っておいてくれればいいのに」

「真里谷円四郎という友だちがいる」

「真里谷道場は知っている。江戸一番の道場だとか」

「いま、江戸でわしにかなう者がいるとすれば、円四郎だけだ。その円四郎に菊田さんのことは頼んである」

「どうしてそこまで」

「菊田さん、悪党になるには非情にならなければならん。おのれに甘えると命を失うことになる。せっかく助けた命だから、そう簡単に死んでもらっては困る」

「わからんな」

「わからんでいい。せいいっぱい生きて欲しい。悪党にならなければ生きられないのなら、悪党になることだ。浪人たちは、いかにも簡単に死んでいく。生きるには左腕で剣を使えるようにならなければならん。いまのままではあんたはすぐに死ぬことになる。生きるためには左腕に術をつけなければならん。せっかく拾った命だ。妙なことは考えずに、生きることに熱中してみてくれ。弱気になったらおしまいだ。あんたはわしに助けられた。だから、わしのためにも生きてくれ」

「鏑木さんの希望に沿うようになってみよう」

「その気力だ。悪事を働いて公儀に捕まり、三尺高い台に梟首《きょうしゅ》されても、それはそれでよい。仕方のないことだ」

「鏑木さん、一つ思い出した。例の侍は、どうやら公儀の者だったような気がする」

「なに、公儀？」

「気がするだけで、ほんとのことはわからん。横柄だった」

「そうか」

と兵庫は言った。

真里谷道場に着いた。

「先に話したのはこの人のことだ。この人の右腕はわしが斬り落とした。左腕だけでどれだけ生きられるか。左手だけでもできる仕事はしてもらう」

「お願い申す」

と一太郎は頭を下げた。月謝を払って稽古《けいこ》に来る門弟たちとは違うのだ。

「わかった、引き受けよう」

「わしも、ときどき来てみる」

と言って、道場を離れた。

左腕で刀が使えるようになれば野に放ってやる。どう生きるかは一太郎次第だ。

兵庫は歩き出した。

「一太郎は公儀の侍かもしれんと言った」

と呟《つぶや》く。

矢田部という侍は、兵庫が喧嘩《けんか》をふっかけるには相手が大きすぎる、と言った。敵は旗本や大名ではなく将軍家だったのか。いや、それにしてはおかしい。敵が綱吉だったら、老中に命じて、兵庫の一人や二人、虫けらのように踏み潰《つぶ》してしまうだろう。生類憐みの令を出したような男だ。

津香を殺したいのであれば、江戸中をしらみ潰しに探して殺してしまうだろう。津香など一日も生きていられない。敵にはそれほどの力はないのではないか。

すると誰なのか。侍たちはおそらく旗本の次男三男だろう。誰のために働いているのか。

津香が何も喋らないのが焦《じ》れったかった。

抱いて寝ていれば情も湧いてくる。どこにも頼るところがない。それでいて大川に身を投げて死ぬしか方法のない身の上だ。それなのに何も喋ろうとはしない。兵庫には迷惑だった。

死ぬのなら早く死んでくれたほうがいい。それで関わりはなくなる。

だが、それは直接、津香には言えない。おのれの気の弱さを自嘲する。何の関わりもないのに兵庫は命を狙われているのだ。それでいて何か得することはないのだ。

むこうから浪人が歩いてくる。江戸には浪人が多い。何も特別のことではない。その浪人が気になったというわけでもない。

ただ、右肩に力が入っていた。ただ歩くのであれば、力を入れることはない。すれ違いざまに斬りかかるのか、と思ってみた。殺気はない。殺気を蓄えることのできる浪人なのか。

すれ違いざまに殺気を一度に放出されると、人間は動けなくなる。金縛りになったようにだ。そして金縛りになったところで斬られる。

すれ違ったとたんに、浪人の右肩が動いた。

「ギャッ」

と叫んだのは浪人ではなく兵庫だった。浪人は刀を抜いていた。兵庫に先に叫ばれて殺気は出口を失った。

兵庫は浪人の背中に回り込み、首に右腕を巻きつけた。腕は顎《あご》の下に入った。腕を引き寄せる。

コクンと音がした。首が折れたのだ。浪人の体から力が抜けた。腕を離すと、ずるずると滑って地面に仰向けになった。

兵庫は浪人のそばにかがみ込んだ。首の骨が折れても首から上は生きていた。手足は全く動かない。神経が切断されたのだ。

「わしを誰だか知っているのか」

「鏑木兵庫、つけまわしたのでな」

弥次馬が集まってくる。

「誰に頼まれた」

「知らん。わしは死んでいく身だからな」

「そんなに簡単に死ねると思っているのか」

「なんだと」

「頭がしっかりしていれば生きられるさ。手足は動かなくてもな。それとも舌を咬《か》んで死ぬか。自分で死ぬにはそれしかないな。ここから一歩も動けないのだからな。雨が降ってもな。誰に頼まれた」

「知らんのだ、残念ながら。五両の金をもらった。そしてあんたを斬れば五十両渡すと言った」

「五両は使ってしまったのか」

「いや、二両しか使わなかった。みんな使っておけばよかった」

「残念だな、頼んだのは侍か」

「そうだ」

「わしを斬れると思ったのか」

「思った。五十両はわしのものだと。どうしてわしが刀を抜くとわかった」

「右肩に力が入っていたな」

「わしは、馬庭念流《まにわねんりゆう》を二十年ほどやった。免許皆伝の腕だ。おのれにかなう者はないと思っていた。だがあんたには勝てなかった。後ろへ回られるとは思ってもいなかった。わしの右肩が張っていても、とび退《の》くだけだと思っていた。だが、あんたの腕はわしの首に巻きついて来た。あんたのような浪人がいようとはな。世の中は広い。あんたの敵にはなりたくなかったな。鏑木さんよ、もう少し話していってくれ。あんたがいなくなると、わしは死ぬしかない」

「いつまでもつき合えんな。もし、わしを斬ったとしてだ、金はどこでもらう」

「愛宕山の茶屋でだ」

「今日中にか、茶屋はどこだ」

「〝出雲《いずも》〟だ。奥から三軒目」

「なるほど、だが相手の名を知らなくては不自由だろう」

増田半左衛門《ますだはんざえもん》と言った。ほんとかどうかわからんがな」

「齢は」

「三十二、三、あんたと同じくらいだ。背丈もあんたと似ている。顔は白くて丸くて、われわれ浪人とは違った顔つきだ」

「あんたの名を聞いておこうか」

「鶫十郎《つぐみじゅうろう》」

「もし、わしを斬っても、増田半左衛門が愛宕山に来るとは限らん。そのときはどうするつもりだった。金を渡す気があっても、半左衛門に急用ができて来られないときもある。あんたは五十両を受け取れない」

「半左衛門が逃げれば斬ると言った」

「その半左衛門は愛宕山には来ないな。わしを斬ればそれでよし、逆にわしに斬られればそれまたよし、どっちに転がっても愛宕山に行くことはない。現れんな」

「実は、わしは半左衛門を尾行《つけ》た。あんたと同じようなことを考えた。あんたを斬っても、五十両がもらえなければただ働きだからな」

「半左衛門はどこへ行った」

「小川町の屋敷だ」

「誰の屋敷だ」

「〝北多見《きたみ》〟と聞いた」

「何者だ」

「わからん、が、屋敷さえつきとめておけばあとは何とかなる」

「なるほどな。小川町のどのあたりだ」

「たしか、神保小路《じんぼうこうじ》といったな」

そこに五十年配の町人がやって来て、腰をかがめた。

浪人が大の字にのびて動かないのは異様だったのだろう。

「失礼さんでござんす。どうなさったんでござんすか。あっしは両国広小路で興行をやっている粂次郎《くめじろう》と申しやす」

「首の骨を折って動けなくなった」

「なるほど、そういうことでござんすかい。どうです。見世物に出てみる気はござんせんかい。あっしが責任もちやす。売り方も考えさせていただきやす」

「わしが見世物になるのか」

「どうだ、鶫さん、舌を咬むのはいつでもできる。少し生きてみてはどうだい」

うむっ、と鶫は唸《うな》った。

「いっそ、あんたに斬られていたほうがよかったな」

粂次郎は手をあげた。弥次馬の中に仲間がいたようだ。四半刻《しはんとき》（三十分）もすると、戸板が運ばれて来た。鶫の体は戸板に乗せられた。

「いつでも両国広小路に来て下さりやし、粂次郎と言えば、たいていはわかりやす」

「わかった。近いうちに顔を見に行こう。鶫さん、一人ぼっちじゃない。ゆっくりと考える時間もある」

「しばらく生きてみるか」

と笑った。

鶫十郎は戸板で運ばれていく。

二

兵庫は小川町に急いだ。小川町は旗本と譜代大名の町である。武家屋敷がズラリと並んでいる。この中に堀田将監の屋敷もあった。

神保小路と言われるあたりを〝北多見〟という屋敷を尋ねて歩いた。

北多見というのは何者なのか。屋敷がわかればあわてることはない。北多見が津香を狙い、兵庫を狙ったのか。

北多見は津香の秘密を知っている。彼は旗本なのか大名なのか。はじめに津香を襲ったのは北多見の家臣たちだったのか。

敵が、わずかだが見えて来た。矢田部佐一郎は、敵は大きすぎると言った。菊田一太郎は公儀かもしれぬと言っていたが、北多見のことだったのか。

北多見の家をやっと見つけた。大きな屋敷である。旗本ではなく大名だろう。門構えからして旗本とは違っていた。門は長屋門である。門の左右に家臣の住む長屋が続いている。

津香は北多見の侍女だったのか。津香に北多見と言ってみれば、何か反応するかもしれない。

兵庫は住まいにもどらずに、神田明神に足を向けた。境内の茶屋の床几《しょうぎ》に坐る。お藤の名を口にすると、奥からお藤が走り出て来た。

「兵庫さん」

「今夜は空いているのかな」

「空けます」

と言った。茶屋女は昼間のうちに客と約束をする。そしてどこかで待ち合わせるのだ。どうやら今夜のお藤は客がついていたようだ。

「そうか、またにしようか」

「いやですよ、そんなの」

とお藤は兵庫の腕に抱きついて来た。

「だが、お藤さんの商売の邪魔をすることになる」

「そんなことはいいんですよ」

もうしばらくしたら、店を閉めることになる。夕方になれば茶を呑む客もいなくなるのだ。しかし奥に入れば酒も出すし、女も抱くことができる。

兵庫は石段の降り口で待っていた。北多見のことは誰かに聞けばわかるだろう、と思う。いや一人いた。堀田将監である。堀田も三千石の旗本である。何かを知っているかもしれない。明日行ってみようと思う。

お藤が小走りにやって来て、兵庫の腕にぶら下がった。

「わたし、兵庫さんに惚《ほ》れたみたい。お慕い申しますという柄じゃないけど、一目見たときから好きだったんですよ。兵庫さんの目を見ると、体がゾクッとなったんです」

兵庫の目は並の目ではない。多くの人を斬っている。だから目つきが違う。

「平右衛門町か」

「ええ」

先に座敷を決めて風呂に行く。船宿『喜仙』に座敷が空いていた。

女がじゃれて来ると可愛い。津香に比べると、上品さはないが、お藤のほうが遊びやすかった。

分かれて湯屋に入る。ときには惚れ込んでくれる女もいるのだ。住まいでは津香が心細い気持で待っているのだろう。ちらりと津香のことを思い浮かべた。

兵庫がいないうちに、大川に身を投げるということもある。それならばそれでもよかった。少々、津香が重荷になって来たのだ。

助けられていながら何も喋ろうとはしない。

津香を助けたために何度も狙われている。これまで、津香のために何人斬ったのか。兵庫は何かじりじりして来る。

湯屋の表で、お藤は先に出て待っていた。船宿にもどる。湯上がりで体がカッカしていた。窓の障子を開ける。

酒膳が運ばれて来た。お藤が酌をする。お藤の盃にも酒を注《つ》いでやる。

「わたし、こんな気持になったのはじめて」

「どういう気持だ」

「兵庫さんといると体が潤《うる》んでくる。そして熱い」

「湯上がりだからだろう」

「そんなんじゃないんです」

すでに目を潤ませていた。

襖《ふすま》のむこうには夜具がある。すでにあたりは暗くなっている。行燈《あんどん》がついていた。

「住まいはどこだ」

「本所です。三笠町《みかさちょう》です」

お藤は膝をにじらせて寄ってくる。そして体をもたせかけて来た。女の匂いがした。

「男はいるんだろう」

「決まった男はいません。以前はいましたけど、大川にはまって死にました」

「ほう、死んだか」

「わたしが客をとるのがいやだったんですね。客をとらなければ生きていけません。だから大川に身を投げたんです」

「大川に身を投げたか。お藤さんに惚れたんだな」

「こんなわたし、いやですか」

「それほどわしはきれいではない。むしろ、お藤さんよりも汚れている。人はきれいなままでは生きられない。浪人がいかに汚れて生きているか」

「でも、女の汚れ方とは違うんでしょう」

「お藤さんはきれいだ。神田明神でも売れっこなんだろう。女も男も汚れると顔に出てくる。顔に出るようになると、おしまいだな」

「ほんとに、わたしでいいんですか」

「いいんだよ、お藤さんで充分だよ」

「ときどき、こうして会ってくれますか」

「いいともさ、お藤さんに嫌われないうちは」

「わたしが嫌うなんて」

「大川に身を投げて死ぬ、か。わかるような気もするな。お藤さんを独占したくてもできない。お藤さんが客をとっているときは、居たたまれなくなってくる」

「もう言わないで下さい」

抱き寄せて唇を吸った。呻《うめ》き声をあげながら唇を押しつけて舌を絡ませて来た。衿の間から手を入れる。衿はゆるんでいた。乳房を手に包み込んだ。

乳首はすでにしこっている。乳房を揉《も》み上げると、呻き声をあげた。湯上がりでもあるし、しっとりとした肌だった。膨らみもいくらか手に余るくらいだ。乳房はいかにも柔らかだった。乳首だけがしこっていた。

腰を抱き寄せて乳首を咥《くわ》える。お藤は、

「あーっ」

と声をあげて背中を反り返らせる。崩した足から白い肌がのぞいていた。それがいかにも色っぽい。男をその気にさせる技は知っている。

津香の体とは違っていた。津香は男のするにまかせているだけだ。

乳首を吸いながら、太腿に手をやる。柔らかい肉である。内腿を撫《な》でまわす。女の肢態を美しく色っぽく見せる方法というのを知っている。特に意識せずにそういう動きになる。

女の手が兵庫の股間に伸びて来た。下帯は締めていない。手が一物に触れた。そして握る。

「うれしい」
と言って、股間に顔を埋めて来た。一物をしっかり握りしめて尖端を舐《な》める。
お藤は体を離すと立ち上がって隣室に消えた。しばらくして襖を開けると、お藤は長襦《ながじゅ》
袢《ばん》姿で坐っていた。
脱いだ着物は乱れ籠《かご》にきちんと収まっていた。脱ぎ捨てたままではない。兵庫はお藤を
見直す思いがした。
夜具の上に坐っていたのは、兵庫が脱ぐのを手伝うためだったのだ。兵庫が夜具に仰向
けになる。お藤は男の胸に頬を押しつけてくる。そして手を伸ばして股間をさらすと、一
物を手にした。頭を下へとずり下げていき、舌を一物に触れて来た。

三

翌日——。
兵庫は足を小川町へ向けた。堀田将監ならば、北多見のことを何か知っているかもしれ
ない、と思ったのだ。
昨夜は住まいにはもどらなかった。誘われるまま三笠町のお藤の住まいに行き、そこに

泊まった。

茶屋女だが、わりにいい女だな、と思った。家も小さいがきちんとしていた。そのうちに正体を現すのかもしれないが。

その三笠町から両国橋を渡って来た。もしかしたら、津香はもう生きていないのではないか、と思ったりする。気が小さいのだ。何か津香に対して悪いことをしたような気にもなって来るのだ。おのれの小心を笑う。

小川町の堀田の屋敷をめざす。小川町に住む旗本たちはたいてい役付きである。無役になると旗本は寄合席に入る。三千石以下は小普請組入りとなる。そして屋敷を小川町から他へ移されることになる。

だが、将監は無役でありながら、そのまま小川町に住んでいる。小谷の方の父親だからだろう。

門扉《もんぴ》は閉じられているが、横のくぐり戸は開いている。門番もいない。出入り勝手なのだ。

将監の息子に権九郎というのがある。これは完全にごろつきだった。廊下で権九郎とすれ違った。

「やあ、鏑木さん」

と言った。悪党だが、悪党は悪党のあつかい方がある。

「親父さんはどこだ」

「賭場《とば》だと思うよ」

と言って通りすぎて行った。将監が隠居するとこの権九郎が三千石の旗本になるのだ。賭場に入ると、将監は胴元に坐っていた。すでにやくざの親分だ。

「おお、鏑木さんか」

と言った。その声に振り向いた浪人がいた。蟹丸兵衛だった。よう、と手をあげる。兵庫は、将監の前に坐った。

「どうだい、蟹丸さんは」

「遊びが上手だね。負けないが、大きくは勝たねえ。浪人にしておくには惜しいよ」

「やっとうはできるよ」

「鏑木さんにはかなうめえ」

「いい勝負じゃないかな」

「そんなにできるのか」

「柳沢出羽の駕籠《かご》を襲って、家臣を十人ほども斬った。ちょうどそこに居合わせたわしが蟹丸さんの刀を折った。わしの刀も折れたがな。わしは出羽の命の恩人ということになった。出羽は利用できる」

「鏑木さんらしいな」

「蟹丸さんは、わしを出羽の命の恩人にしてくれた恩人だ」

「そんなに強いのか。だったら、わしが召し抱えたいがどうだろう。百石くらいで」

「あとで話しておこう」

「何か話があるのか」

「聞きたいことがある」

おーい、と家来を呼んだ。家来なのか子分なのかわからない。

「わしの部屋でいいか」

「けっこう」

将監の居間に入った。八畳の部屋だ。将監は手を叩いた。障子が開いた。そこにお紋が坐っていた。

「酒を呑むか」

「いや、できれば濃い茶のほうが有難いのだが」

「いいな、それにしよう。濃いお茶だ」

お紋がじっと兵庫を見ていた。目つきが尋常ではない。

「お紋が鏑木さんに抱かれたがっている」

「それはあとにしよう。小川町の北多見って知っているか」

「北多見若狭守重政《わかさのかみしげまさ》、いまや大名だ。いや、大名格というべきかな。まだ領地は持っていない。だが禄高は二万三千石だ」

「出世したんだな」

「そのやり方はきたねえ。側用人の端っくれだがな、お伝の飼犬のような男だ。出世のためなら何でもやる。いつもお伝に尻尾《しっぽ》を振っている。美男だ。大奥女中たちにもちやほやされている」

「なるほど」

「お伝のためなら何でもやる。おのれの家臣を隠し目付にして、江戸の町を歩かせている。私用の目付だな。この目付たちに見つかって罪になった者が二十人以上だな。これは、お伝と上さまへのへつらいだ。わしが言うのもおかしいが、わしよりも悪党だ」

「将監さんよりも悪党と言えば、たいしたものだな」

「いやみはやめてくれ、わしはたいした悪党ではないよ。ときどき女を攫《さら》ってくるがな。素人女《しろうと》じゃねえ。世間で言うほど悪くはねえ」

「そういうことにしておこう」

お紋が茶を淹れて来た。まっ黒なほど濃く淹れて来た。

「けっこう、濃いほどよい」

「こんな茶が呑めるか」

と将監は吐き出した。お紋がじっと見ている。

「もっと聞きたいか」

「聞きたい」

「だったらお紋を抱いてやってくれ。あれ以来、お紋はあんたに抱かれたがっている。わしはもう、お紋をよろこばせてやる力がない」

「いいだろう」

お紋がニッと笑った。

「風呂でも入って待っていろ」

お紋は、そわそわと立って行った。

「わしは、北多見に狙われている」

「どうしてまた」

「浪人がわしの命を狙った。わしはその浪人の首をへし折ってやった」

「手荒いことをする」

「首から下は動かなくなったが、首から上は生きている。その浪人が喋った。侍から金をもらって頼まれた。その侍をつけると、北多見の屋敷に入ったと」

「なんで狙われた」

兵庫はちょっと迷った。将監は信用できる男ではない。だが、敵にはわかっているのだ。喋ってもたいした違いはない。

「大名の腰元らしい女を助けた。そのとき十人ばかりの侍を斬った。助けを求めてきたので助けた。狙われているのはこのことだろう」

「その女は何を喋った」

「何も喋らん、わしのところから追い出されれば大川がある、とわしを脅す」

「大川とは、身投げか」

「そういうことだ。敵は女からわしが話を聞いたと思っている。だから、わしに襲いかかってくる」

「その女は北多見の侍女か」

「さあ、その辺はわからぬ」

「北多見が斬りたがっているのは鏑木さんかその女か」

「両方だろうな」

「鏑木さんの事件とは関係ないと思うが、北多見には茂兵衛重治《もへえしげはる》という弟がいる。この弟が横着者でな、この屋敷にもよく出入りしていた。近ごろはあまり見ないがな」

「この屋敷は悪党の巣だよ」

「まあ、そんなところだ。当の主人がこのような男だからな。盗みをやったり、女を奪ったり、人を殺したり、悪事を働いたが、兄貴の北多見とお伝がその罪を隠してしまった。それをいいことに、ますますつけ上がる」

茂兵衛の義理の妹が嫁《とつ》いでいる旗本の浅岡縫殿頭直国《あさおかぬいのかみなおくに》がある咎《とが》めによって追放された。追放された罪というのが、あることを達するためにお伝の前に出た、その言上《ごんじょう》のやり方がお伝の気に入らなかった。態度が大きかったという。

追放されるときに、妻と家財を茂兵衛に預けた。浅岡にとって茂兵衛の義妹を妻にしたのだから義理の兄になる。

茂兵衛は、家財を売り払い、義妹を自分の女にしたのだ。義理の妹だから血のつながりはないのだ。茂兵衛は気に入って義妹を妾《めかけ》にしてしまった。

二年ほど経って、浅岡は追放も解けてもどって来た。そして茂兵衛に預けておいた家財と妻を返してくれ、と言った。

ところが茂兵衛には返すものがない。妾にした義妹は気に入っている。手放したくはないのだ。義妹のほうも、浅岡のもとへもどりたくない。浅岡も愚者であった。その必要もないのにお伝を怒らしている。そして追放になるときに選《よ》りに選って、茂兵衛のような男に、女房と家財を預けている。茂兵衛がどんな男か知らないわけではなかったはずだ。

「茂兵衛は、浅岡がうるさくて仕方がない。毎日のようにやって来て、女房と家財を返せと言う。茂兵衛はうるさくなって、そんなもの預かった覚えはないと言った。浅岡は怒って刀を抜いた。茂兵衛は腰のあたりを斬られた。家来の香取新兵衛《かとりしんべえ》というのが出て来て、浅岡を斬り殺してしまった」

「悪い奴だな」

「悪い奴は、あとさきを考えない。女はいくらでもいる。浅岡の女房などに手をつけなければよかった。その女房が茂兵衛に夢中になってしまった。茂兵衛も旗本を斬ってはただではすまない。それで乱心したので斬り殺したと兄の北多見に告げた」

「それですんだのか」

「すんだ。世の中とはそんなものだ。北多見は浅岡が乱心して自害したことにした。北多見に頼まれてお伝も動いた。それで浅岡は斬られ損ということで終わった」

「そういう弟がいたんでは、北多見もおちおちしていられんな。これが公《おおやけ》になればどうなる」

「ならんだろうな、揉み消されてしまう」

「だが、ひょっとして公になることがある」

「茂兵衛は死罪、北多見はお役御免の上に追放か遠島か」

「面白いな」

「おい、鏑木さん、それをあばこうというのではないだろうな」

「それでは将監さんは困るか」

将監はしばらく考えていた。

「わしには関わりなさそうだな。ただお伝のことがある」

「小谷の方はまだまだ権力がある。小谷の方までは及ぶまい」

「そうだな。鏑木さん、わしが喋ったとは言わないでくれよ」

「言うわけがない。その茂兵衛の屋敷はどこだ」

将監はその屋敷を教えた。ごろつきだがいい男だ。

話が終わってお紋を抱いた。お紋は夜具に入っていたが、布団を剥《は》いでみると全裸だった。のっぺりした青白い体をしている。腰は拡がらず細く、それでいて腰から腿へかけてはたっぷりと肉をつけていた。淫蕩《いんとう》な女である。かつてこのような女に出会ったことはなかった。

四

茂兵衛は、側用人北多見若狭守重政の弟である。弟であるから家禄も何もない。若狭にこづかいをもらって食っている。それなのに茂兵衛は飯田町《いいだまち》に屋敷を持っていた。脅しはやる、詐欺はやる。強盗に近いことまでやる。それを訴え出ても若狭守がかばう。手に余るようなことはお伝の方に頼む。被害者は泣き寝入りである。

堀田将監に比べても悪党である。このような悪党が権力を背景にのさばっているのだ。旗本の下女が犬を叩いた。飢えている犬に餌《えさ》を与えなかった。こういうことを隠し目付たちが探してくる。それを若狭守に報告する。すると若狭守はお伝に告げる。お伝は綱吉に話す。綱吉はそれを老中に命ずる。

そして旗本たちは罰せられる。若狭守はお伝の方の覚えがめでたくなる。弟の悪事などお伝の力で潰してしまう。それだけの力があったということだ。

浅岡縫殿頭直国殺害は大罪である。旗本を斬り殺してしまったのだから。しかし、乱心による自害ということで揉み消してしまった。だが、火種は残っていたのである。その火種を掻《か》き出し、炭をつぎ足して火をおこせばいいのだ。

北多見若狭守がなぜ、兵庫や津香を狙うのか、それを知るために、兵庫は裏から攻めようと思った。

縫殿頭は乱心したということで、浅岡家は改易になっていた。

もう一つ、別の話がある。

桐の間番士の永井主殿《ながいとのも》は、下城の途中に、十四ほどの犬に吠《ほ》えつかれて困惑した。追っても追っても吠えかかってくる。斬るつもりはなかったが、犬に足を咬みつかれ、刀を抜いた。そして一匹の犬を殺してしまった。

犬を殺したのだから重い罪になる。幕府では評定がはじまった。

右衛門佐党の用人南部遠江守直政《なんぶとおとうみのかみなおまさ》は、

「永井の罪は許してやりたい」

と永井の人物を語った。

ところが小谷党の北多見若狭は、

「厳重に処するが当然」

と言い放った。

犬一匹のためにあたら侍を失うことになる、と南部遠江は力説する。二人は摑み合いの喧嘩になりそうだった。

そこに割って入ったのがこのとき側用人上席の牧野備後守成貞だった。だが、結局は永井主殿は八丈島に流された。この事件以来、南部直政は将軍から遠ざけられた。牧野成貞も隠居し、このとき柳沢保明が側用人上席になった。

それに引きかえ北多見若狭は得意になった。小谷の方一党も、わが党の若狭が、右衛門佐党の遠江に勝ったとかちどきをあげた。

大奥の勢力争いというのはこんなものだ。小さなことで勝った負けたと大騒ぎをする。

兵庫は、北多見若狭の屋敷に出向いた。くぐり戸を叩くと、門番が顔を出す。

「わしは、鏑木兵庫。若狭守どのにお会いしたい」

「殿が、おまえのような浪人にお会いになるわけはない、帰れ」

「いいのかな、わしを追っ払って。わしを追っ払って叱られるのはおまえだ。話のわかる侍を呼んで来い」

「待っておれ」

と言って門番は引っ込んだ。しばらくして侍が出て来た。侍は、浪人たちに銀町の住まいを襲わせた矢田部佐一郎だった。

佐一郎はあの時、兵庫と知らずに五十両を渡している。

「あんたが鏑木兵庫だったのか」

「今日は別の用で来た。あんたの殿さまはわしなどに会わんだろう。だから若狭守に伝えてくれ。おそらく北多見家は改易になるな。弟の茂兵衛が旗本の女房を奪い、旗本を斬り殺している。その旗本は浅岡縫殿頭直国だ。隠し通したつもりだろうが、これを掘り起こせば、若狭守もただではすまん。どうだ、どうしてわしを狙うか、わけを教えてくれんか」

「そんなこと、わしは知らん」

「まあいい。茂兵衛のこと、告げておいてくれ。北多見家はわしが潰してやる」

と言って歩き出した。

浅岡縫殿を斬ったのは、浪人や町人を殺すのとはわけが違うのだ。しかも茂兵衛は旗本ではない。害は若狭守に及ぶ。

矢田部佐一郎は、このことを若狭守に告げた。若狭は顔色を無くした。

茂兵衛が話したことと、事情が違っている。あの時縫殿が乱心したので斬ったと言った。そこで、自害ということで小谷の方に頼んで事なきに終わらせた。だが事実は縫殿の女房が絡んでいた。若狭は茂兵衛を呼んで問い糺《ただ》した。茂兵衛は喋った。若狭はますます青くなった。お役御免くらいですむことではなかった。悪くすれば切腹ものである。

「なぜ、そんなことをやった。たかが一人の女のために、北多見家を潰すのか、わしがやっとここまで築いて来たものを」

「しかし、あの場合……」

「言いわけはするな。茂兵衛、おまえは死罪だ」

「兄上なら、なんとかなるのであろうが」

「簡単に言うな、わしの手に負えることと、手に負えないことがある。おまえが殺したのはただの男ではないぞ、旗本だ。喧嘩して殺したというのなら、おまえが腹を切ればすむ。だが、おまえは縫殿の女房を奪っている」

「わしが腹を切るのか」

「それではすまんと言っている。これは小谷の方さまにお願いしても通らぬ」

「そんなに重大なことか」

「うつけもの！」

若狭の拳が茂兵衛の頰にとんだ。

「腕の立つ浪人を集めよ。その鏑木兵庫という浪人、どこかで聞いたような名だな」

「殿、津香を匿《かくま》っている浪人でございます」

「なに、もう討ったのではなかったのか」

「申しわけございません」

佐一郎は頭を下げる。

「全く、どいつもこいつも役に立たん者ばかりだ。たかが浪人一人ではないか」

「殿、申し上げます」

「何だ」

「鏑木兵庫と話し合われませ」

「わしに、浪人と話し合えというのか」

「鏑木は、ただの浪人ではございませぬ」

「ただの浪人ではないだと。浪人は浪人ではないか。いくらか剣ができるというだけであろうが。わしも剣術使いは知っている。頼めば斬ってくれる」

「頼みました。小田木仁斉、江戸では名のある剣士です。それが鏑木の前に両手をついて涙をポロポロと流しました」

「小田木が弱かったからだ」

「鏑木と話し合われるがよいと思います。津香のこと、お話になれば茂兵衛さまのことから手を引いてくれると思いますが」

「たわけ」

と若狭はどなった。

佐一郎も、津香がどうして狙われるのかは知らなかった。ただ若狭に斬れと言われたから、侍七人が鏑木に挑み、七人とも斬られた。そして、鏑木の住まいも襲い、斬られて果てた。

「何故に、津香という女を斬らなければならないのでしょうか」

「そのようなこと、知らなくてよい。わしの命令だけ聞いておればよい。それより佐一郎、愛宕下に真里谷道場というのがある。そこの真里谷円四郎に、鏑木を斬れ、と頼んで来い。円四郎ならば斬れる。円四郎に及ぶ者はおらん」

「いかほど、お持ちいたしましょうか」

「そうだな、二百両もあればよかろう。鏑木を斬れば、津香のことも茂兵衛のことも片付く。さっそく行って参れ」

「わかりましてございます」

佐一郎は頭を下げた。

だが、若狭は浮かない顔をした。茂兵衛のことが心配なのだ。事が露見すれば、害がわが身にも及ぶ。

「小谷の方さまに頼んでみるか」

だが、いま小谷の方に頼むには、自分から茂兵衛のことを喋ることになる。いまのところ、縫殿の件は乱心にて自害ということで収まっている。それをこちらから喋ることはないのだ。

いつもこういうことを小谷の方に頼むと、若狭自身の信用も落ちることになる。だが、事件が公になって、茂兵衛が町奉行所に捕らえられてからでは遅い。町奉行所ではない。茂兵衛を捕らえるのは徒目付《かちめつけ》か目付だろう。茂兵衛はごろつきだが町人ではない。若狭の弟である。目付の支配になっている。捕まってから、処刑されるまで、事件は綱吉の耳には達しない。助けようがないのだ。そして害は若狭に及ぶ。

やはり、茂兵衛が目付に捕らえられる前に、小谷の方に頼んでおいたほうがいいように思われる。

「兄上、大事なかろうな」

「おまえのことなど、どうでもよい。北多見家が危ないのだ」

「兄上には小谷の方さまがついておられる」

「簡単に言うな、おまえの悪事を洗いざらい喋らなければならないのだぞ。わしの弟がそんなごろつきであっていいものか」

「わしがやったことが、それほど悪いことか」

「当たり前ではないか、おまえは旗本を殺したのだぞ」

「みんな始末してある。心配ない」

「そうだ、堀田将監に頼めばよい」

「高いものにつく」

「将監は小谷の方の父親だ、何とかなる」

「兄上、将監に頼めば千両では足りんぞ」

「この際、仕方ない。千両はおまえが出せ」

「わしにはそんな金はない。北多見家が危ないんだろう。兄上が出せよ」

「全く、おまえというやつは」

若狭は舌打ちした。

そのころ家臣の矢田部佐一郎は、愛宕下の真里谷道場に来ていた。

「真里谷先生にお頼みの儀があって」

と言った。佐一郎は道場裏の座敷に通された。しばらくして円四郎が着流しで姿を現した。

佐一郎は名乗った。

「さっそくですが、先生は、鏑木兵庫という浪人をご存知でしょうか」

「鏑木兵庫か、知らんな」

「かなりできる浪人です。先生に斬ってもらいたいのですが」

「ふふん、前にもなにやら浪人ものを斬れなどと言って妙な侍がやってきたがな。名乗りもしないので追い返してやったが、矢田部殿は、あの者たちとは違うようだな」

「いや、それは……。先生の評判を耳にしまして、なにとぞお願いしたく」

「なるほど、鏑木兵庫を斬れ、とか。引き受けてもよい。それでいくら持って来た」

「二百両でございます」

「わたしが斬るには、礼金としてはいささか少ないな」

「いかほどならば」

「千両だな」

「千両」

と目を剝いた。

「二百両でわたしが引き受けると思うたか。ならばよそへ行ってくれ。江戸には腕の立つ者がいくらもいる。小田木仁斉は百両で引き受けたか。安い剣客に頼むからそういうことになる。もう一度、北多見殿に相談してくるがよい。わたしが端金《はしたがね》で、人を斬ると思うたか」

千両では佐一郎の一存では決められない。

「ならば、一度もどって主人と相談してから」

「その二百両は置いてゆけ。前金の一部だ。わたしは断るとは言っていない」

「それでは、さっそく立ちもどりまして」

「前金にあと三百両だな」

わかりました、と佐一郎は立っていく。

人一人斬るとは大変なことだ。小田木仁斉は、百両で簡単に引き受けた。それだけの剣士でしかなかった。

はじめは右腕を斬り落とされ、二度目は脳天を刀で貫かれて死んだ。二度とも鏑木の前に両手をついている。あれで剣士かと思う円四郎であった。

第七章　小谷《こや》の秘密

一

知足院の常行堂に、隆光、綱吉、小谷の方がいた。四畳半ほどの狭い部屋である。この堂には他の人は近づかないようにしてある。

祭壇の前に隆光が坐って、呪文《じゅもん》を唱えている。綱吉と小谷の方の特別の行である。桂昌院にも特別の行をおこなう。このときの相手は若い僧である。

祭壇を背にして呪文を唱える。小谷の方は着物を脱いで全裸になった。そして隆光の左手に頭を向けて仰臥《ぎょうが》する。

小谷は三十すぎである。女盛りである。まだまだ懐妊する力はある。綱吉は足のほうに坐っていた。

小谷の体には、三十女の脂がのっていた。肉付きが少し多めだが、美しい体だった。乳房は柔らかく、いくらか横に傾いていた。乳首はくすんだ色である。だが、これが立ち上がれば鮮紅色に輝く。腰はまだ充分に細かった。臍《へそ》の下から恥丘にかけて黒々とした毛がよく縮れているが、はざまには及んでいない。綱吉はこの体に十数年も馴染《なじ》んでいる。馴れているから安心できる。

比べれば右衛門佐のほうが美しいし、肌も京女だから白い。肉も柔らかい。近ごろは右衛門佐に通うことも多い。もう一人、京の美女、北の丸殿もいる。右衛門佐、北の丸殿は若い。普通ならば、この二人のところへ通うはずが、隆光はこの二人には呪術をかけない。

「のうぼ、ばきゃばとうしゆにしゃおむろろそばろ、しんばらちしゆた、しったらしゃねいさらばらたさ、たにえい、そわか」

隆光は呪文を唱える。虚心合掌して、手を擦り合わせる。そして、左手を乳房の上にかざし、右手を陰毛の上にかざす。呪文が続く。

乳首が立ち上がったのが見えた。そして小谷は腰を蠢《うごめ》かせる。呪文の効果は桂昌院のような年とった女でも、十五、六の未通女《おぼこ》でも変わらない。男の経験のない女でも女である限りは悶える。

腰がゆっくりと動き出した。小谷は目を閉じている。息を荒くしてくる。じっとしていられなくなって、小谷は膝を折り立て、両踵《かかと》で体を支えて、尻を浮かす。その尻を回しはじめる。背中まで反り返る。

そのなまめかしさは、ぞくっとなるほどの姿だった。腰が妖しくくねり、腿の間がひくひくと動いている。

耐えきれなくなって小谷は、両足をいっぱいに開く。そして呻《うめ》き声をあげる。はざまは切れ込みが開き加減になっている。そこには露がいっぱいに浮いていてキラキラと光る。粘りが強いから流れ出ては来ない。切れ込みがひくひくと動く。伸縮しているのは壺口なのだ。

「ああーっ、上さま、お情を」

と声をあげる。

「もう、こらえきれませぬ」

と悶える。

綱吉も股間をさらしていた。悶える小谷を見て、一物は勃起している。まだ四十代だ。だが、荒淫でかなり力は弱くなっている。

弱くなるとまぐわってても放出が早くなる。それだけ楽しみも少なくなる。綱吉は女陰に向かって合掌していた。

隆光は、綱吉の一物の上に手をかざした。触れはしない。一物はいちだんと大きくなり充実した。

小谷は起き上がって、一物に向かって合掌する。そして両手で一物を支えるようにする。綱吉はそこに仰向けになる。小谷は一物を口に咥《くわ》え、根元まで呑み込む。

そして、小谷は綱吉の顔をまたぎ、口に女陰を押しつける。綱吉ははざまを舐《な》める。綱吉の顔は露だらけになる。

「おん、まかやきしや、ばばらさとばん、じゃくうんばんこく、はらべいしゃ、うん」

呪文が続く。

綱吉と小谷はお互いにお互いの本尊を舐め合うのだ。呪文を唱えながら、隆光は祭壇の中からご本尊を取り出してくる。それは髑髏《どくろ》だった。

髑髏本尊にも種類がある。

『この髑髏を取るには七種の違ったものがある。一、智者、二、行者、三、国王、四、将軍、五、大臣、六、長者、七、父、八、母、九、千頂、十、法界髑なり』

髑髏にも位があるのだ。

千頂とは、千人の髑髏の上部（頭のてっぺん）を集め、それを砕いて粉にし、だんごにして本尊の形を作ること。

法界髑とは、重陽《ちょうよう》の日（陰暦九月九日）に死陀林《しだりん》（墓場）で多くの髑髏を集めておいて、毎日、吒枳尼天《だきにてん》の神呪を唱えて祈り、霜の朝、霜のついていない髑髏を選ぶ。または、髑髏に縫合線のないものを選ぶ。

この髑髏を枕頭《ちんとう》に安置しておいて、男が放出すれば、女の液との混合液を、二人で髑髏の頭に塗っていくのである。

『百二十度塗るべし』

とある。一度の放出量だけでは百二十度もは塗れない。そこでまた交わることになる。男が五、六回放出すれば、百二十回ほどは間に合うことになるようだ。

隆光が使っている髑髏は、どういう種類のものかはわからない。

綱吉が小谷に重なった。小谷はしがみつき声をあげて絶頂に達する。続けざまに、二十度ほど気をやると、綱吉が放出する。

二人は小谷の股間に流れ出るものを、指にとって髑髏に塗りつける。一度、二度と数えながらである。髑髏は塗りつけられた液が乾いてテカテカと光る。その上にまた塗っていく。

その間、一物は怒張している。そのまま重なる。小谷がしがみついて声をあげ腰を回す。そのまま、小谷は何度も絶頂に達する。

悲鳴をあげる。

「いつまで気がいくの」

女はきりなく気をやれるらしい。また、綱吉が放出する。その液を指にとって髑髏に塗りつける。

綱吉が弱くなれば、隆光が呪文を唱える。するとむくむくと立ち上がってくる。百二十回塗り終わるまでは、途中でやめることができない。

綱吉は右衛門佐を抱くときでも、一回目はうまくいくが、二回目となるとかなり無理しなければならない。

そして一回目だってそれほど長くない。

だが、隆光に呪術をかけられると、充実するし、一度精汁を出す間に、小谷に二十回以上いかせることができる。

それだけ一物は充実しているし、綱吉の快感も長いのだ。そして放出しても疲れを覚えない。何度でも抱けるのだ。

呪術の怖ろしさでもある。呪術は魔術でもある。百二十回露を塗りつけるほど気をやっても疲れることはない。むしろ気力が充実してくるほどだ。

まぐわいは養生でもあった。桂昌院もおのれの養生のために、隆光に呪術をかけてもらう。そして体調がよくなる。若い僧の精汁を壺で受けるから若々しくもなれるのだ。隆光の立川流の信者になってしまうわけだ。隆光が、犬を大事にしろと言うと、桂昌院はそれを綱吉に伝える。

それが令になるのだ。本人たちは気持よく養生にもなるが、庶民は迷惑することになる。庶民の迷惑など考えもしない。自分たちさえよければそれでいいのだ。

お伝は、隆光さえ、おのれの掌中にしておけば、綱吉が自分を捨てるようなことはない。それで隆光を大事にする。

後醍醐天皇が、文観を寵《ちょう》したのはよくわかる。帝《みかど》には常に十三人の妾がいたという。十三人の妾を相手にするには、文観の呪術が必要だったのだ。

小谷は這った。そして尻を突き出す。綱吉はその尻を抱く。

「わあ」

と小谷は声をあげて尻を振る。綱吉はゆっくりと出し入れする。小谷は喘《あえ》ぎ悶える。腕を折り、そして肘を折って両肩で体を支える。尻が高く掲げられる。

綱吉は妙な光景を見ていた。眼下に壺がある。壺の中におのれの一物が入っている。一物が出たり入ったりする。緩入急抜という。急に抜く。すると、一物に絡みついていた襞《ひだ》がめくれ返って外に出て来る。桃色の襞である。出て来た襞はゆっくりと壺の中に入っていく。

女陰も本尊である。一物も本尊である。本尊と本尊が絡み合っている。こすれ合っている。これで男も女も成仏するのだ。女は果てしなく成仏する。男は五、六回、数えるほどでしかない。

だが、男はのたうち悶える女の体を目で楽しむことができる。小谷は尻を振りながら、ほとんど泣いていた。感極まってである。

その間、隆光は低く呪文を唱えつづけている。呪文を唱えるには、隆光の精力《エネルギー》が費やされていく。その精力を空気から補充することができる。それには厳しい修業があった。それが十数年にわたる。

綱吉が尻から離れて仰向けになる。小谷は起き上がって一物を手にして舐めはじめる。そして呑み込む。尖端を咽《のど》の粘膜に当てる。

それから、口を離し、一物を手にして綱吉の腰に跨《また》がってくる。そして一物をおのれの壺に収める。男の胸にうつ伏し、腰を振り、そして回す。

右衛門佐のほうが若いし美しい。肌の白さは小谷とは違った。それに可愛い。だが、小谷のように狂い悶えることはなかった。気をやっても静かなものである。何よりも小谷とのときのような快楽はなかった。北の丸殿にしても同じだ。

美しいだけで男を楽しませることはできない。だから、呪術もあって、小谷を手放すことはできないのだ。

二

鏑木兵庫は、住まいにもどった。すでに津香はいないのではないか、と思っていた。だがもどると津香はいた。

「お帰りなさいませ」

と言った。

津香は、さっそく兵庫のために茶を淹れる。どこにお泊まりになったのですか、とかそんなことは言わない。女房ではないのだから。

北多見若狭の家来たちは、まだ津香を探しきれない。探しきれないのではなく探す気がないのだ。津香がすべてを兵庫に話してしまったと思っている。話してしまったのなら、津香を追っても仕方のないことだ。

いまは、兵庫を斬ろうとけんめいになっている。

茶を淹れて差し出した。茶碗に口をつけて呑む。茶は濃く出ていた。

「北多見若狭は知っていよう」

津香が驚くかと思った。

「はい、知っております」

静かに言った。違ったのかなと思う。

「神田明神の前で、津香さんに襲いかかった侍たちは、若狭の家臣たちではなかったのか」

「わたしは知りません」

「津香さんとわしを斬ろうとしたのは、若狭の家臣と、家臣に雇われた浪人たちだった」

「そうだったんですか」

「何か思い当たることはないのか」

「ございません」

「そうなると、若狭はどうしてわしらを狙うのか、合点がいかぬ。津香さんは若狭の秘密を知っていたのではないのか」

「北多見さまのお名前は知っております。ですがそれだけです」

嘘を言っているようには思えない。すると若狭は何なのか。何のために兵庫を狙っているのか。ますますわからなくなってくる。

兵庫は縁側に寝そべった。

「あの、わたしはここに、このようにお世話になっていてよろしいのでしょうか」

と津香が言う。迷惑だとは言えない。

「ほかに行くところはあるまい」

「大川があります」

兵庫は苦笑する。いやがらせで言っているのではない。それだけの覚悟はできている、ということなのだ。

「いつまでいたってよい」

とは言ったが、女を住まいに置いておくのは気が進まない。いつも津香にくっついていられるわけではないからである。だからと言って追い出すわけにはいかない。

「いま、若狭が狙っているのはわしだ。津香さんは、あるいは安全なのかもしれないな。町女らしくなった」

だから、親元にもどってみよ、とも言えない。

茂兵衛に殺された浅岡縫殿頭の息子がどこかにいる。それを探し出して仇討《あだう》ちをさせてやりたい。縫殿頭の屋敷は小川町にあった。

翌日、兵庫は小川町に足を向けた。小川町の縫殿頭の屋敷に足を運んでみる。門扉《もんぴ》は閉ざされていた。空家になっている。乱心して死んだ縫殿頭のために浅岡家は改易《かいえき》になっていた。

無人の屋敷である。小川町にはこのような無人の屋敷があちこちにある。そういう屋敷に浪人たちが住みつくこともある。

兵庫はしばらく門の前に立っていた。どこへ行ったか聞きようがないのだ。隣の屋敷の門番に聞いたが、さあ、と言うだけだ。

むこうから商家の手代みたいな男が歩いて来た。このあたりの旗本の家に出入りしている商人だろう。

「ものを尋ねる」

はい、と商人は足を止めた。

「この屋敷が浅岡縫殿頭の屋敷であったことは知っているか」

「知っております」

「縫殿頭には子息がいたと思うが、どこへ行ったか知らぬか」

「知っております。無惨なことでございましたから。いまはたしか本所の緑町《みどりちょう》だと思います。ご家来の水谷《みずたに》という方の住まいにおられるとか」

「そうか、礼を言う」

男は頭を下げて去って行く。

兵庫は、広小路を出て両国橋を渡った。緑町はたしか、神田明神の茶屋女お藤の家の近くだ。

緑町で、水谷と聞くとすぐにわかった。その家には、水谷総左衛門《そうざえもん》と浅岡の息子忠七郎《ただしちろう》がいた。まず、兵庫は忠七郎に、

「お家を再興する気はないか」

と言った。

「まあ、とにかくお上がり下さい」

と総左衛門が言った。

良宅である。兵庫の住まいよりも一部屋多かった。

座敷に坐る。

「再興できますのか」

「浅岡どのは乱心して自害されたのではない」

「わたしもそう思っていますが、証《あかし》がございません」

と忠七郎が心細気に言う。気の弱い男なのだろう。

「目付に訴え出られたか」

「証のないものを、探索してくれましょうか」

ただの目付では動かない。茂兵衛は北多見の弟であり、北多見は小谷の方に信頼されている。目付もそっぽを向くだろう。

そんなことに関わり合うと、おのれの首がとぶことになる。

「小谷の方に反感を持っているのは右衛門佐さまである。右衛門佐さまを知っている人はいないか」

「さあ」

と忠七郎はうなだれた。

永井主殿の犬殺しについて、側用人の南部遠江守直政は、北多見若狭と争って、直政は負けて、お役御免になった。直政は右衛門佐の側用人だった。

それで右衛門佐の女中たちは口惜しがっている。これを利用しようと思ったのだが、取っかかり口がない。

「それで忠七郎どのは、のうのうとしておられるのか」

「何か方法があればお教え願いたい」

「わしに教えろと言われるか」

「わたしには方法がございません」

「それで坐して待っておられるのか」

「申しわけございません」

「わしに詫びられても困る。右衛門佐の女中の身寄りを探すことだ。双親でもいい、兄弟でもいい、その者に茂兵衛のことを話せば、右衛門佐の耳に達する。そうなれば茂兵衛の旧悪が露見する。茂兵衛が捕まれば、浅岡家は再興なるかもしれぬ」

「しかし」

「命を賭《か》けてやる価値のあることだと思うがな。坐していては何も変わらん」

「どうすればよい、と申される」

「自分で考えられよ、浅岡家のことではないか。浅岡どのはまだ成仏はしておられぬ」

「わたしにはどうすればよいか、わからんのです」

「大奥女中は、旗本、御家人《ごけにん》の娘ばかりとは限らぬ。商家の娘だって、旗本の養女という形をとれば大奥女中になれる。そういう女中の身内を探して歩く。そして小谷方か右衛門佐方かを確かめる。右衛門佐方の女中であれば、茂兵衛のことを訴える、わかるかな」

「はあ」

「まだよくわかっていないようだな。右衛門佐方の女中を探せ、侍でもよい。忠七郎どのは、父の無念を晴らさなければならないのであろうが」

だが、忠七郎の目に輝きは生まれては来なかった。兵庫は別の方法を考えなければならなかった。

「それとも、父の仇として茂兵衛を討つか。茂兵衛を討てばお取り調べもある。そうなれば茂兵衛の悪事も出て来よう」

「ですが、父上が茂兵衛に斬られたかどうかはわかりません」

「これは駄目だな。失礼する」

と言って兵庫は立ち上がった。

「浅岡どのは、地下で泣いておられる」

そう言って玄関に出た。草履《ぞうり》を突っかける。水谷総左衛門も忠七郎も追っては来なかった。その気がないのをその気にさせるということはむつかしい。改易になったのは仕方のないことだと諦めきっている。

これでは茂兵衛の旧悪が露見して処刑されても、浅岡家に禄がもどってくることはないだろう。

こうなったからには、柳沢保明に会うしかないだろう。保明は小谷でも右衛門佐でもない。二人の間を巧みに動きまわっているのだ。どちらからも憎まれたくはない。

だが、何かを教えてくれるかもしれない。道三河岸に向かった。その途中の鎌倉河岸で、ぞろりと浪人たちが姿を見せた。

後ろを振り向くとそこにもいた。目つきがいやしい。北多見若狭に頼まれた者たちか、それとも茂兵衛の仲間か。

浪人の一人が歩み寄って来た。

「今度のことから手を引け」

「今度のこととは、どっちだ」

「なにっ」

北多見若狭のことは聞いていないのだ。

「どっちだ、言わなければ手の引きようがない」

浪人は困った。

「ええい、面倒だ」

刀柄に手をかけた。兵庫が脇差を抜くのが早かった。刀を抜いていては間に合わない。先に脇差の鯉口《こいぐち》は切っていた。

一気に間を詰める。浪人はあわてた。まだ充分に距離はあるはずだった。浪人は抜き討ちに斬るつもりだったのだろう。

だが、兵庫の早さに泡を食った。気持が動揺すれば体が動かなくなる。動きが一瞬遅れた。これが命取りになる。

浪人は刀を半分抜いていた。兵庫は右手首を斬り落とした。右手首をつけた刀が、鞘から滑り落ちて来た。

他の浪人が刀を抜く。そこに脇差を投げた。脇差は浪人の首に突き刺さった、と同時に刀を抜いた。とたんに浪人の中に斬り込む。

浪人も侍も、刀はゆっくり抜こうとする。まだ充分に間に合うと思っている。それが、一気に間を詰められてあわてる。

おのれが思っている間である。間合いというのは人によって違う。刀を抜いて構えるには、ゆっくり間があると思い込んでいる。相手の間がわからないときには、早く刀を抜くべきなのだ。

刀を抜いてから兵庫の前に現れるべきなのに、ゆったりとしている。小田木仁斉のような剣客でもそうだった。兵庫に対して簡単に斬れると余裕を持った。そこにつけ込まれてあわてるのだ。あわてたときには負けである。おのれが死ぬときである。

一敗したから次は慎重に、というわけにはいかない。道場の試合ではないのだ。もう一本とは言えない。それが斬り合いのむつかしさである。

兵庫は振り向きざまに、刀を薙いだ。その浪人は刀を正眼に構えていた。その下を薙いだ。

浪人は倒れた。どこを斬られたのかわからない。立ち上がろうとした。だが袴《はかま》の中から右足が滑り出て来た。

立ち上がりかけた浪人は、それを知ってまた倒れた。

横から浪人が斬りつけてくる。それに対して、兵庫は右から左へ刃を叩きつける。左脇腹が裂ける。

刀を車《しゃ》にして、上段から、次の浪人を雁金に斬り下げた。体がぶるると震えた。斬ったときにはそこにはいない。大勢を相手にするときには常に体を移動させていなければならない。動いていれば、敵も狙いにくいのだ。

首のあたりを水平に薙いだ。左から右に移動した刀の重さに引きずられるように右に体を移す。そこにいる浪人に対し、体を伏せる。刃を地面に当て棟《むね》を返す。それをそのまま逆に斬り上げる。

股間を斬り上げる。逆風の太刀《たち》という。浪人は体を震わせて坐り込んだ。

そのころになって、前の浪人の首がぐらりと動き、転がる。左右の肩の間から血が噴き上がる。だが心臓は首を失ったことを知らないから、どくどくと血を送り出してくる。血が湧き出てくる。

次の浪人の腹を裂いた。裂かれたことを知らないで上段から斬りつけてくる。兵庫は左へ移動する。浪人はそのまま刀を振り降ろし、前に兵庫がいないので振り向こうと体をひねる。そのときになって腹に異常を覚えるのだ。体をひねったために腹の傷口が開いた。そして腸《はらわた》が流れ出て来る。

両手で腹を押さえてみても助からないことは知っている。だからそのまま斬ってくる。腸がずるずると流れて出て来て、前掛けのようにぶら下がる。

腸は白いがあとの臓物には色がついている。桃色のつやつや光った臓物もある。それが妙になまめいていた。

浪人は自分の腸を踏みつけて滑り、転んだ。左肩を雁金に斬られた浪人がふらふらと歩いていた。左肩が左腕の重さで左に開く。腹まで裂かれているから、体を裂かれた左肩は、腰のあたりでぶら下がる。

この浪人は右肩だけで生きているのだ。衝撃ですぐ死ぬ者もいるが、しばらくは生きている者もいる。

まだ浪人たちは残っている。だが斬り込んでは来ない。ただ刀を正眼に構えているだけだ。逃げるきっかけを失っていた。

兵庫の残忍な斬り方におのれを失っているのだ。まるで斬られる順番を待っているように。

兵庫ははじめに右手首を斬り落とした浪人の前に腰をかがめた。その浪人は自分で血止めをしていた。

「誰に頼まれた」

「茂兵衛だ」

とあっさり言った。

「あいつは女好きの悪党だ。それにしてもあんたは強いな。江戸にあんたのような浪人がいようとは思わなかった」

「あんたの油断だよ」

「いや、先に刀を抜いていても、わしの腕では同じだったろうな。あんたの斬り方を見ていて寒気がした。凄《すご》いものだ。どうしてあんなに人が斬れる。わしも浪人の中では及ぶ者はおらんと思っていたが、あんたのような人斬りがいたとはな」

「まあ、そんなに褒《ほ》めてくれんでもいい。生きていくために人を斬る。斬らねばわしの人生は終わってしまう。悪党ならば左腕一本でも生きていけるな」

「わしもまだ死にたくはない。茂兵衛に金を出させてやる」

「茂兵衛は長くはもたんな。旗本を斬り殺したんだ。わしのように浪人を斬るのとはわけが違う」

「ほんとか。だったら兄貴の若狭にたかる。金を蓄えているからな。隠し目付を使って犬や生きものを殺したり傷つけた者を探し出し、金を強請《たか》り取るのだ。わしらのような小さな強請ではない。大名も脅すのだ。たいした悪党だ」

「なるほど、そういう男か。だったら早くたかっておいたほうがいいな。茂兵衛が倒れれば若狭も共倒れだ」

「そのようだな」

「悪事を働いても生きろ、せっかく命を拾ったのだからな。若狭に比べれば小悪党だろうがな」

「茂兵衛もひどい男を敵にしたものだ。たしかに茂兵衛は長くない」

「生きていろ、生きていれば酒も呑める、女も抱ける。ところで、茂兵衛が奪った縫殿頭の女房というのは、いい女か」

「いい女というより好きものだな。茂兵衛の味を知りやがった。茂兵衛も女に惚《ほ》れ込んでしまいやがった。悪い女に惚れたものだ」

「わしは、若狭に命を狙われている。なぜか知らんか」

「知らんな。若狭はあんたを斬るために、剣客を頼んだそうだ。その剣客は千両をふっかけたそうだ。若狭にはたった千両だろうが、千両払うのを迷っていやがる。わしらがあんたを斬っていれば、千両は出さなくてすむからな。だが、千両と値をつけた剣客も立派だ。鏑木さんはそれくらいの価値がある」

「誰だ、その剣客とは」

「そこまでは知らんが、矢田部佐一郎がぼやいていた。あんた一人斬るのに千両とはな」

「医者に行け、傷口が膿《う》むと命とりだ。これから暑くなるからな」

兵庫は刃を拭《ぬぐ》って鞘に収めた。

三

兵庫は柳沢屋敷の座敷にいた。

家老の藪田五郎左衛門が入って来た。

「また、金か」

「またか、と言われるほどには来ておらん」

「金なら出す。いかほどだ」

「今日は金ではない。殿さまにちょっと話がある」

「そうか、ならば少し待て、殿はまだ城からお下がりになっていない」

「もちろん、待つ」

「鏑木、そのほうは腕は立つようだが、品がないな」

「浪人が品など持っていては生きられん。わしは浪人して十年だからな。召し抱えるのであれば浪人して二年以内だな。二年以上たてば品性も矜《ほこ》りも失われる。ごろつきだな」

「鏑木もごろつきか」

「ごろつきもピンからキリまである。わしはまだピンのほうだろうな」

「ほう、ピンのごろつきか。世の中にはおまえのようなごろつきもいていいのだろうな」

保明が帰って来たらしく、五郎左は立っていった。兵庫はこの五郎左をわりに気に入っていた。口は悪いが信用できる男だ。

しばらく待っていると、保明が着流し姿で入って来た。

「兵庫、しばらくだな。わしに仕官したくなったか」

「いま、ご家老に品がないと言われたところです」

「品がなくてもかまわん、周りがみんな品がありすぎると疲れる。兵庫のような野人が一人くらいいたほうがよい」

「わたしは野人ですか」

「兵庫の目つきはけもののようだ。その目で睨《にら》まれたら竦《すく》み立ってしまう。それはよい。仕官する気がなかったら、用は何だ」

「側用人、北多見若狭守さまの弟茂兵衛」

「それがどうかしたか」

「浅岡縫殿頭の家財を売り払い、女房をわがものに、縫殿頭を殺しました」

「その話は聞かぬな」

「縫殿頭さま乱心で自害ということで収まっているようです」

「それで、兵庫はどうしたいのだ」

「右衛門佐さまが、これをお知りになれば、よろこんでお調べになる」

「兵庫は何を考えているのだ」

「わたしは北多見さまに狙われております」

津香のことから話した。

「なぜ、北多見さまに狙われているのか知りたいのです」

保明は、ふむっ、と唸《うな》った。

「その津香という女、何も喋らんのか」

「喋りません」

「強情な女だな」

「強情ですね、女は」

「優しい女もいる。わかった。いまの話を五郎左にしろ」

と言って立って行った。保明はこういうことに関わるわけにはいかないのだ。しばらくして五郎左が入って来た。

五郎左に、茂兵衛と北多見の話をする。五郎左もまた唸った。

「いま、長谷部鉄造《はせべてつぞう》という家臣が来る。いまの話、その者にせい」

またしばらく待たされた。そして侍が一人入って来た。顔見知りだった。保明が呉服橋で蟹丸兵衛に襲われたとき生き残った侍だった。この長谷部にも同じ話をした。

「この話、殿もご家老も知らないことになっています。よろしいですか」

「けっこう」

「だったら、鏑木さん、外へ出ましょうか」

「そうするか」

と立ち上がった。屋敷を出る。そして道三河岸の縁を歩く。

「鏑木さん、柳沢家に仕えてくれませんかね。柳沢家には剣を使える者がいないんですよ。使い手がいないと、この間のことのようになります」

するわけにはいかんな、と思う。

「その話はあとだな」

と言って蟹丸兵衛のことを思い出した。腕は立つ。だが柳沢の駕籠《かご》を襲った男だ。推薦するわけにはいかんな、と思う。

「日本橋に大国屋《だいこくや》という家具屋があります」

「ふむ」

「亭主の宗吉《そうきち》というのが昨夜、死にました。宗吉の娘が大奥の女中です。右衛門佐さま付きの女中でお波《なみ》といいます。今朝から宿下がりしています。今夜が通夜で明日が葬式と聞きました」

「そういうことがよくわかったな」

「一応は、誰が宿下がりをするかは調べます。殿の命令です。柳沢家から花を贈ります」

「なるほど、そこまで気を使うわけか、大変なことだな」

「このこと柳沢家は関係ありませんよ」

「わかっている。それくらいの礼は守る。ごろつきでもな」

それでは、と長谷部は兵庫のそばを離れて行った。柳沢保明が、大奥で人気のある理由はこの辺にありそうだ。

兵庫は、足を本所緑町に向ける。水谷総左衛門はいたが、かんじんの忠七郎はいなかった。大奥女中の身内を探しに行っていると言ったが、そうではない。遊びに行っているのだ。忠七郎はまだ十七歳だ。

兵庫は、お波のことを話した。

「明日、葬式が終われば城中にもどることになるかもしれん。今日中に会って頼んだほうがいいな」

「かたじけない。それにしても、なぜ、そこまで親切にしていただけるのですか」

「忠七郎が憐れだからだ。禄もないのにどうして暮らしている」

「そこは、まあ、何とか」

「忠七郎には好きな女がいるのであろう」

総左衛門の顔色が動いた。その女のところにでも行っているのだろう。お家再興などということは考えてもいないのだ。

父親、縫殿頭の死に方も褒めたものではない。女房恋しさに刀を抜いて斬り殺された。侍としては恥ずかしい死に方だった。息子もどうやらそのたぐいのようだ。

北多見若狭のことがなければ、このようなことに手出しをするつもりはなかった。

水谷の家を辞した。本所へ来たのだからと思って三笠町まで足を延ばした。だがお藤は住まいにはいなかった。まだ水茶屋にいるのだろう。

人を斬ったあとは、女が抱きたくなる。住まいにもどれば津香がいる。手を出せば抱かれてくれる。だが、あまり手を出したくなかった。こういうときには堀田屋敷にいるお紋のような女がいいのだ。

両国橋東詰の小料理屋に入った。白木の台があってそのむこうに板前がいる。腰掛けに坐って酒を頼んだ。

「すみません、材料がなくて料理を差し上げられません」

「いいんだよ、ご時世だからな。わしは酒を呑みに来たんだ」

根コンブの刻んだものが出た。とろりとしてけっこううまい。酒を手酌で呑む。

「これは、けっこううまいではないか、何だ」

「しいたけでございます」

「なるほど、苦労するな」

酒を呑んでいて、兵庫は、アッ、と声をあげた。

「どうかしなすったんで」

と板前が首を伸ばす。

「いや、ちょっと思い出したことがあってな」

津香は、北多見若狭のことを知らなかった。だが、津香と兵庫を狙っているのは、北多見若狭だ。若狭が兵庫を狙っていたのではない。若狭は誰かに頼まれたのだ。その誰かとは誰なのだ。若狭は小谷の方の側の側用人だ。小谷の方にしきりにへつらっている。

小谷の方に頼まれれば、若狭は理由もきかずに津香を殺そうとするだろう。明神前で斬った七人の侍は若狭の家臣だったのだ。

若狭の家臣の矢田部佐一郎は、兵庫に言った。あんたが喧嘩するには相手が大きすぎると。若狭ならば大きすぎるということはない。だが、小谷の方だとすれば、たしかに大きい。将軍綱吉も動かすことができるのだから。菊田一太郎も言っていたではないか。公儀の者らしいと。

「そうか、小谷だったのか」

と呟いた。

だが、どうして一侍女である津香を殺さねばならないのか。小谷の方には何か秘密がある。それを津香が知ったのだ。

その秘密とは何なのか。それは若狭も知らないことではないのか。わけは知らずに津香を追っている。

するると、その秘密は、小谷以外は津香だけが知っているということになる。たしかに小谷の秘密となれば重大だろう。

津香は、二人の侍につき添われて、江戸を逃げるつもりだったのか。昌平橋を渡って本郷通りを行けば千住宿《せんじゅじゅく》である。そこからは奥州《おうしゅう》街道、水戸《みと》街道がある。逃げるところを、若狭の家臣に追いつかれた。そして侍二人は昌平橋の上で斬られた。小谷を敵にしては、江戸にいられないのは当たり前だろう。

「小谷の秘密とは一体何だろう」

津香が喋れないほど重要なことなのだ。

小谷が津香を捕らえようと思えば、簡単に捕らえられることだ。徒目付《かちめつけ》、目付、それに町奉行を動かせばよい。

津香が江戸にいればたちまち捕らえられる。だが、小谷も公には動けなかった。だから、ひそかに始末しようと北多見を使った。

北多見若狭を責めてみても、何一つわかるわけではないのだ。

あるいは、柳沢保明なら知っているかもしれない。だが、たとえ知っていても口にするはずはないのだ。

四

兵庫は、愛宕下に足を向けた。浪人菊田一太郎がどうしているか気になったのだ。道場では、木刀を打ち合う音、気合の声、そして床板を踏み鳴らす音がしていた。

真里谷円四郎は居間にいるという。門弟が座敷に案内した。そこに坐っていると円四郎が姿を見せた。

「兵庫さん、来ていたか。わたしのほうからも用があった」

「そうか。菊田はどうしている」

「左手で木刀の素振りをしている」

「どうだ、ものになりそうか」

「菊田は善人だな」

「そうか、善人か」

仲間に誘われて、兵庫の住まいに斬り込んだのだ。

「けんめいに稽古はしているが、浪人で善人であっては生きられんな」

「悪党になれ、と言ってやったが無理か」

「兵庫さんを斬ることになった」

「なに」

「北多見若狭の家臣、矢田部佐一郎というのが頼みに来た。鏑木兵庫を斬ってくれと」

「それで、引き受けたのか」

「千両で引き受けた」

「そうか。円四郎さんだったのか」

「前金の一部、二百両を置いていった。前金はあと三百両だな。持って来るかどうか」

「持って来たら、斬るのか」

「わたしは鏑木兵庫という浪人を知らん。ここへ連れて来い、と言うつもりだ」

「円四郎さんが相手では、わしも斬られるかもしれんな」

「いや、わたしには兵庫さんは斬れん。おそらくは小田木仁斉と同じだろうな」

「そんなことはない。仁斉とは違う」

「違わないんだよ、兵庫さん。道場での試合ならば、わたしが軽く勝つ。だが、刀を抜いてとなると遠く及ばんな。わたしは人を斬ったことがない。剣はな、理論とか稽古だけでは限界がある。兵庫さんは、百人くらいは斬っていようが」

「まだ、そこまでは達していないがな」

「わたしの師の小田切一雲先生もな、死ぬまで人を斬ったことがなかった。だから、相打ちとか相抜けを考えられたのだ。稽古にも限界がある。それ以上稽古しても上達はしない。人を斬れない剣が、いかに上達しても意味ないことだ。だから晩年、剣を諦めておられた」

「そんなものか」

「そんなもんだな。剣客にとって、人を斬る機会がないというのは不幸なことだ。わたしは兵庫さんが羨《うらや》ましいよ」

「わしはごろつきだ」

「わたしもごろつきになりたいよ」

「何を言うか、円四郎さんは、一万人の門弟を持っている」

「教えていてむなしくなって来る。わたしが教えているのは畳の上の水練だ。海や川にはまったら、何もできず、ただ沈んでしまうだけだ。師も人を斬る機会を待っておられた。だが、ついにその機会はやって来なかった。わたしもまた、その機会はやって来そうにない」

「待っていては、やって来ないな」

「どうすればいい」

「人の恨みを買うことだな。わしはいま、小谷の方に狙われている」

「小谷の方とは、お伝の方か」

「そうだ、前に話した助けた女というのが、小谷の方の秘密を握っている。その秘密というのは喋らんがな。だからわしは襲われる。襲われたら斬るしかない」

「そんなときには、わたしを呼んでくれ」

「いきなり襲われたのでは、円四郎さんを呼ぶ余裕はないな」

「江戸の剣客たちは、人を斬りたがっている。小田木仁斉もその一人だったのだろうな。浪人を斬れるとよろこんだ。だが、相手が悪かった。わたしも相手が兵庫さんでなければ、百両でも引き受けているな」

「そんなに斬りたいのか」

「斬りたいな。わたしはおのれの剣術に限界を覚えている」

「真剣の素振りをしている」

「せめてものことだな」

「円四郎さん、釈迦《しゃか》に説法だろうがな、まずおのれが死ななければ相手は斬れん。自分は安全なところにいて人を斬ろうとする。これでは人は斬れん。仁斉がそうだった。刀を抜いたら死を覚悟しろ、ということを知らなかった。腰がひけているから刀が届かない。どんなに弱くても相手も刀を持っている。斬られたくないから刀を振る。そんな相手でも、安全なところにいては斬れないのだ。腕や技は全く役に立たない。相手を斬れるのは、おのれが死ねると思ったときだけだ。死ねれば、結果的に生きているということになる」

「兵庫さんの言うことはわかっている。そのときにそうなれるかどうかだ。どうだ、菊田を呼ぼうか」

「いや、やめておこう。生きるためには辻斬り強盗もやれと言った。だができそうにはないな。いまの世、浪人は悪党しか生きられん。あそこで死んでいたほうがよかったのか」

「そう言うな、左手でも何とか生きていけるだろう。まだ、左腕の木刀振りもはじめたばかりだ」

「よろしく頼む」

「二百両のうち百両を持っていかんか」

「いや、金はある。なくなれば柳沢にもらいに行く。もらいに行ってやらなければ悪いからな。柳沢の命が百両や二百両であるわけはない」

「兵庫さん、道場を作らんか。百両あればできる。道場があれば落ちつける」

「そして、門弟に人斬りの術を教えよ、というのか」

「そういう道場も必要になってくる」

「わしには教える術はない。野良犬は野良犬らしく生きるしかない」

九州のさる藩に殺人流という剣の流派がある。どういう内容かは知らないが、人の殺し方を教えるのだろう。

兵庫は真里谷の家を辞した。

住まいにもどってみると、津香の姿がなかった。持っていかれたか、と思う。奥に入って行燈《あんどん》をつける。部屋の中が荒らされている、というのではなかった。火鉢には熾《おき》がまだ残っている。それに炭をつぎ足す。鉄ビンはまだ冷えきってはいなかった。

湯を沸かしてお茶を淹れる。

そこに津香がもどって来た。湯屋に行って来たのだという。

「お帰りだったのですか」

何も起こらなかったのだ。

「夕飯は」

「すまして来た」

「お酒でも」

「いや、いらん」

兵庫は濃い茶があればいいのだ。

津香の手首を摑んで引き寄せた。抵抗はしない。衿から手を入れ、乳房を摑んだ。手に余る大きさだ。それを揉み上げる。アーッと声をあげた。弾力のある乳房である。裾《すそ》をめくる。白い足がさらされる。形のいい足だった。膝頭から手を内腿に入れる。腿を閉じた。手は先へは進めない。再び腿が開く。

手がはざまを押さえていた。はざまを上下に撫でながら、指を折る。指が滑り込んだ。そこはまだ潤んでいなかった。指を壺の中に入れる。きしんだ。指を入れておくと潤んで来る。

「小谷の方の秘密とは何だ」

「えっ」

と声をあげた。

「どうにか、そこまではわかった。だが、どういう秘密なのかわからん」

津香は何も言わない。いま言うくらいだったら、とうに喋っている。

「小谷の方が何をした、と聞いても無駄かな」

「鏑木さまには関わりのないことです」

「だが、人の秘密というのは聞きたいものだ」

壺の中で指を交叉させる。

「小谷の方は、津香殺しを北多見若狭に頼んだ。そういうことだな」

「わたしにはわかりませんが、そういうことだと思います」

指は潤んで来た。

第八章　右京《うきよう》ヶ原《はら》

一

兵庫は、堀田将監の屋敷に足を向けた。将監に会うつもりはなかった。将監に会えばまたお紋を抱かなければならない。昨夜、津香を抱いたばかりだった。

屋敷に入り、そのまま賭場《とば》へ向かった。そこに蟹丸兵衛の姿があった。このところ毎日、賭場に通って来ているようだ。兵衛は妻を探し出せない。それで丁半で自分を慰めているのか。

「蟹丸さん、ちょっと出ないか」

「そうだな」

と言って駒を金に替えた。今日はあまり勝っていなかった。一分金が二枚もどって来ただけだった。堀田の屋敷を出る。

「少し酒でも呑むか」

「そうだな、博奕《ばくち》も少々飽きた。他にやることもないのでな」

「奥方はどうした」

「わからん、もう生きてはいないと思うがな」

小川町には呑み屋などない。小川町から須田町に出る。八辻ヶ原の一方に居酒屋が何軒か並んでいる。その一軒に入った。

卓を挟んで坐る。そして酒を頼んだ。水っぽい酒だが酔い心地は悪くない。外に出ればすぐに醒《さ》めてしまう酒である。

互いに手酌で酒を呑む。

「何の手がかりもないのか」

「ない」

「御成御殿ではないのか」

「かもしれん」

「柳沢の駕籠《かご》を襲った」

「あのときはな。柳沢だって女の一人など知るまい」

「諦めたか」

「諦めるしかあるまい」

「奥女中のことだったら、たいていのことを知っている男がいる」

「奥女中ではないだろう。ただ御成御殿ではないかと、思っただけだ」

「名は何という」

「お通《つう》だ」

「お通さんか」

「名前は変えられているかもしれん。何の手がかりもない。探しようがない。御成御殿には三十人ほどの女が集められていると聞いた。もしかしたら綱吉のなぐさみものになっているのかもしれぬと思った。もうよい、たとえお通がもどって来ても、もとのお通ではない。わしのところにもどって来ても、お通も苦しかろう」

蟹丸はしばらく黙った。そして、

「もどって来たら、わしはお通を斬るだろうな」

「そういう考え方もあるのだな。だが、お通さんの罪ではない」

「お通を攫《さら》ったやつがわかれば、叩っ斬る。手込めにされる前に、舌を嚙《か》んで死んでいればそれでよい」

「両方とも無惨だな」

「お通のことは忘れた、と言いながらまだ気にしている。未練というやつかな」

「行ってみよう、もしかしたら行方がわかるかもしれん」

「無駄なことを」

「確かめるだけだ。一緒について来い」

「どこだ」

「柳沢の屋敷だ」

「あまり行きたくないな」

「外で待っていればいい」

銚子《ちょうし》一本が空になった。それを汐《しお》に腰を上げた。金を払って店を出る。そして須田町通りを日本橋へ向かって歩く。呉服橋は日本橋の先になる。

呉服橋の上に蟹丸を待たしておいて、柳沢の屋敷へ向かった。門番に長谷部鉄造を呼び出してもらった。しばらく待たされて、長谷部が姿を見せた。

「鏑木さん、中に入ればよいのに」

「ちょっと聞きたいことがある」

「何ですか」

「御成御殿の女たちのことだ。知っているだろう」

困惑の顔をした。それにかまわず、

「お通という女はいるか。殿の造った御殿だ、たいていのことはわかるだろう」

「いた」

「なに、いた、のか、いるではないのか」

「たしかに、お通という女はいました。だが、二カ月ほど前にいなくなったようです」

「どうしていなくなった」

「そこまではわかりません」

「柳沢家で管理しているのではないのか」

「そういうわけでもないのです。上さまの命令で旗本が入っています。旗本の二男三男です」

「どうしていなくなったのか、わからんのか。推測でもいいのだが」

「どこか、別の場所に連れていかれたのかもしれませんな」

「三十人の女がみんな綱吉に奉仕するのか」

「おこぼれにあずかる者もいるということだが、わたしが知っていることはそれくらいです」

「もう一つ、律という女はいたか」

「律ね、覚えがありません」

「わしの妹だ」

「えっ、そうですか」

「気がついたら知らせてくれ」

「わかりました」

ご苦労さん、と言って歩き出した。橋の上に蟹丸は待っていた。

「どうだった」

と体を乗り出す。やはり気になるのだ。

「以前はいたそうだ。二カ月前ごろからいなくなった」

「やはりいたのか、そういう気がしていた。二カ月前からいないのだな」

「どこかに移されたようだ。どこへ移されたのかはわからん」

「移されたのではない。殺されたのだ」

「そうとも限るまい」

「いや、そうだ。殺されたのならそれでもいい。そのほうが気分はすっきりする。二カ月前までは御成御殿にいたのだな」

「そういうことになる」

この呉服橋の上から、堀のむこうに御成御殿は見える。

「それだけでもよい、礼を言うておく」

そう言って足早に歩き去っていく。一人になりたかったのだ。兵庫は女房を持ったことはないのでその気持はわからない。蟹丸は女房に執着していたのだろう。

二カ月前までは御殿にいた。それがいなくなった。他所へ移されたのか殺されたのか。蟹丸が言ったように、殺された可能性が高い。なぜ殺されたかということになるとわからない。

御成御殿は、柳沢の家臣たちが用を足しているのかと思ったが、そういうわけではないらしい。旗本の二、三男を使っている。使っているのは誰なのか。当然、柳沢保明と思ったが、そうではないようだ。

保明はときどき、御殿に伺《うかが》って、綱吉をお迎えするだけなのか。御殿を作ったのは保明だが、そこを支配しているのは別にいるらしい。

兵庫は、一石橋から日本橋への河岸を歩いていた。

目の前に武士が立った。四十近い堂々とした武士である。浪人でも侍でもない。

「鏑木兵庫どのか」

「一刀流、柏木《かしわぎ》次郎《じろう》右衛門《えもん》」

そう言って、柏木は刀を抜いた。兵庫もそれに合わせて刀を抜いた。

「北多見若狭に頼まれたか」

「ご存知ならば致し方ない」

「いくらで頼まれた」

若狭はあちこちに声を掛けているようだ。

「愛宕下に真里谷円四郎がいる」

「円四郎は千両と言うた」

「存じている」

「なにっ」

と柏木は目を剝いた。

「まことか」

「円四郎に聞いてみるがよい」

柏木は、前金五十両、後金五十両、合わせて百両というところだったのだろう。あまりの違いに驚いた。真里谷円四郎にそれだけの差をつけられたのでは、柏木の矜《ほこ》りが許さない。

「失礼した。刀を引いて下され」

と言って自分から刀を鞘に収めてしまった。

「申しわけない。鏑木さんの命が千両もするとは知らなかった。わしの及ぶところではない。許されよ」

と言って柏木は歩き去る。

百両の命と千両の命とは違うのだ。百両の兵庫なら斬れると思った。真里谷円四郎が千両の値をつけたと聞いただけで、柏木は斬り合う気がなくなった。

百両の浪人よりも千両の浪人のほうが斬り甲斐《がい》があろうというものだが、千両と聞いて柏木はかなわないと思ったのだ。

江戸の剣客たちは人を斬りたがっている。道場での木刀の稽古だけでは、おのれの腕がわからない。果たして生きている人間を斬れるかどうか不安なのだ。

人を斬るために剣の稽古をする。そして門弟に教えている。教える立場の剣客が、一度も人を斬ったことがないというのは心もとないのだ。

人を斬るということがどんなものかを経験してみたい。経験はしてみたいが、死の覚悟などということはできない。小手先で斬れると思い込んでいる。

柏木は、千両と聞いて怯えた。おのれが想像していた浪人ではなかったのだ。怯えたというのは死の覚悟ができていないからだ。

つまり道場でしか通用しない剣客なのだ。

百両ではおのれを捨てることはできない。百両よりもおのれの命が大事と思ったときには、刀は抜けないのだ。女子供を斬るのとはわけが違うのだ。

死の覚悟、と口では言う。だが、実際には、死の覚悟などできるものではない。おのれの死を思えば体が動かなくなる。死の覚悟とはおのれをむなしゅうすることである。どこかで悟らなければならないのだ。

死ぬには未練がありすぎる。特に道場などを持っていればである。

兵庫は簡単に浪人や侍を斬る。簡単に斬っているようにみえる。だが、人を斬るということはそれほど簡単なものではない。いつも死の覚悟ができているから斬れる。斬り合いながら死んでいる。そして結果的に生きているということなのだ。

真里谷円四郎にも、その辺のことははっきりとはわかっていない。だから、兵庫には勝てないと思っている。

刀を抜いて斬り合うとき、ほんのわずかなためらいでもあれば、相手を斬れないだけでなく、おのれが斬られることになる。

どんな相手でもけんめいに斬る。だから、兵庫は手かげんはしない。

柏木次郎右衛門が刀を正眼に構えたら斬っていた。正眼に構える前だったので許した。死の覚悟をしたところで〝待て〟と言われても待てないのだ。柏木はほんの一瞬の差で命を拾ったのだ。

二

兵庫は住まいにもどった。

家の中は暗い。日が暮れたところである。兵庫は玄関から上がった。津香の姿がない。また、湯屋にでも行っているのかと思い、行燈に火を入れた。

火鉢の燠《おき》を掻《か》き出して、炭をつぎ足す。その上に鉄ビンをかける。そのときにふと頭を掠《かす》めたものがあった。玄関を上がるとき、暗い中に白いものがあったように思った。

玄関にもどった。白いものは書状だった。胸のあたりが、ドキリとした。

書状の封を切って開く。

津香の命惜しければ、明朝明け六ツ（午前六時）右京ヶ原に来られたしそれだけの文面だった。

怖れていたことが、とうとうやって来た。こういうことがあるから、家には女を置かないようにしていたのだ。

津香を餌にして、兵庫を斬るつもりなのだ。行かなかったら、どういうことになるのか。津香は抱いた。だが、できるだけ情は絡ませないようにして来た。しかし、だから放っておくということはできないだろう。

鉄ビンの湯が沸いた。その湯で茶を淹れる。色濃く出た茶を呑む。苦いほどに濃く出ていた。茶を呑みながら、ぼんやりとしていた。

北多見若狭は、これまでに兵庫を屠《ほふ》るためにさまざまな手を使って来た。それがことごとく失敗した。今度は万全な手で来ることだろう。

はじめは若狭も、津香の命をとるだけでよかった。それで小谷の方の秘密は守られるはずだった。だが、津香が兵庫に助けられた。津香が兵庫に秘密を喋ったと思った。津香が頑固な女であることを知らなかった。

兵庫は津香のために迷惑した。何の得にもならないことなのに。数十人の侍や浪人が、たった一人の女のために兵庫に斬られた。

津香を攫われてみて、これまでのことは一体何だったのだろうと思う。若狭も、津香が兵庫に助けられて災難だった。

おそらく、弟茂兵衛のことが露見すれば、若狭も無事ではいられない。茂兵衛のことは津香にも兵庫にも全く関係ないことだった。若狭が兵庫の命を狙わなければ、もちろん茂兵衛などに手を出すつもりはなかった。

浅岡縫殿頭の家名が再興できるかどうかなど、どうでもよいことだった。ふむっ、と何度も息をついた。

これでいい、これ以上津香に関わることはないのだ。

「勝手に処分してくれ」

と呟いた。

だが、兵庫は、明朝、右京ヶ原に行く自分を知っている。

兵庫は、思いついて書状を書いた。真里谷円四郎への手紙である。円四郎に人を斬る機会を与えてやるのも悪くないと思ったのだ。ということは、このとき兵庫は右京ヶ原に行く気になっていたのだ。

円四郎を誘うことで兵庫には右京ヶ原に行く義務が生ずるのだ。

だが、いまから愛宕下まで行く気はなかった。

書状をふところにして住まいを出る。そしてうどん屋に入った。昼間はうどん屋でも、夜は酒場のようになる。

若い連中が酒を呑んでいる。兵庫は腰掛けに坐った。そばの若い男に声をかけた。

「ちと愛宕下まで走ってくれぬかな」

「よござんすよ」

と若い男は気軽に言った。

「愛宕下の真里谷道場だ」

「知っておりやす」

「真里谷円四郎にこの書状を渡してもらいたい」

「わかりやした」

兵庫は、書状の上に駄賃を乗せた。

「ありがてえ」

その駄賃を仲間の卓の上に置いて、男はすっとんで行った。仲間が四人いた。四人の卓の上に一分銀を一枚置いてやった。

「呑んでくれ」

「これは、すみませんね」

四人が腰を上げて、頭を下げた。

「先生、あっしらに何かできることはござんせんかね」

「いまのところはない。いずれ頼むことがあるかもしれん。犬にはかまうなよ」

兵庫は、酒を頼んで呑みはじめた。やはり、津香が攫われたことで胸が詰まっている。

若狭は、浪人一人を処分できないで苛立《いらだ》っている。小谷の方のためにも、兵庫を始末しなければならないのだ。

明日の敵は、侍か浪人かはわからない。だが、また津香のために死ななければならなくなる。考えてみれば罪な女だ。


手紙を頼んだ若ものがもどって来た。若いだけに早い。

「承知した、とおっしゃっていやした」

「そうか、礼を言っておく」

「なんの、過分な駄賃までいただきやして」

職人や百姓の伜《せがれ》たちである。つっぱってはいるが、たいした悪事も働けないのだ。

金を払って店を出て住まいにもどる。行燈に灯はついたままだった。油皿に油をつぎ足す。

刀を抜いて刃を改める。紙で刃を拭う。以前は鹿のなめし革を使っていた。これだとよく脂が落ちた。だが、いまはなめし革もなかった。革屋そのものが、生類憐みの令で営業できなくなったのだ。なめし革を持っているだけで犬同心たちにつけ込まれる。それで兵庫もなめし革を使わなくなった。

砥《と》で寝た刃を合わせる。

斬る相手は一人や二人ではないだろう。それで手貫緒《てぬきお》を作った。下緒を四分の一くらいに切りとって、刀鍔《つば》の二つの穴に緒を通して結ぶ。

その緒を一ひねりして輪にし、手首を通して、刀柄を握る。輪の大きさを調節しなければならない。

刀は重い。兵庫は特に重い刀を使っている。刀の重さで一振りすると、刀が手から抜けることがある。刀が抜けたら、そこでおしまいになる。刀が抜けないために手貫緒をつけるのだ。

三

右京ヶ原――。

本郷、真砂町《まさごちょう》の西、春日町《かすがちょう》の北に、上野高崎《こうずけたかさき》六万石の城主、松平右京亮《まつだいらうきょうのすけ》の中屋敷があった。これが取りこわされて、そのあとは空地になった。ここを右京ヶ原、右京山と称した。この辺一円に草生じ、丘陵起伏の空原にして最も童児遊戯に適す、とある。

この原に三十人ほどの侍が集まっていた。北多見若狭の家臣たちである。頭は北多見家目付役の荒木七郎右衛門《あらきしちろうえもん》である。

今日は、鏑木兵庫をどうしても討ち取らなければならない。強い主命であった。

「必ず討ち果たせ。小谷の方さまはお怒りじゃ」

と若狭は言った。鏑木兵庫を討ち果たさなければ、側用人としての務めを果たさないことになる。それは若狭の失脚にもなる。

浪人一人に何をもたもたしている、と小谷の方は不興であった。浪人など使って、一時しのぎをやるから、目的を果たせないのだ。もっと真面目にやれ、と叱る。小谷の方に叱られては若狭の立場がないのだ。

はじめは、たかが浪人一人、簡単に片付くと思っていた。若狭も軽く考えていた。ところがことごとく失敗し、ただの浪人ではないと考えはじめた。

考えはじめたが、方法がない。浪人では役に立たず、江戸の剣客に頼んでみたが、これも用をなさない。まさか、江戸で鉄砲を使うわけにもいかない。

小谷の方のほうでも、目付や町奉行を使うわけにはいかないのだ。事は公にできないことである。ひそかに鏑木を屠ってしまわなければならない。もちろん、その事情は若狭だって聞かされていないのだ。

「かの浪人はいかがいたした」

と小谷の方が言う。

「申しわけございません、いまだ」

「存外に頼りにならない男よのう」

と小谷の方は笑う。若狭は小谷の方のために働いて来た男である。そして側用人になり、旗本から大名にもなった。だが、この一事に陥《お》ちていくかもしれないのだ。

たしかに浪人一人を始末できないとは怠慢である。小谷の方が怒るのも無理ない。若狭は、鏑木兵庫という浪人一人に、失脚するかもしれないと考えはじめた。

だから、江戸一の剣客と言われる真里谷円四郎にも頼んだ。円四郎は千両とふっかけた。若狭は目を剝いた。浪人一人を始末するには法外な値である。

自分の立場が危ないというときに、若狭は金惜しみをした。これまでにも、五十両、百両と使っている。その上に千両となると、考え込んでしまうのだ。

犬目付を使って、これまでに何万両という金をむしり取って来た。商人、旗本、そして大名からもである。

「このことを小谷の方さまに申し上げれば何となる」

よしなに、と旗本も大名も金を出すしかないのだ。金を出さない旗本と大名が不首尾になったケースも多い。つまり生類憐みの令を利用して財を蓄えるのだ。

荒木七郎右衛門は、何が何でも鏑木を討てと命じられた。策なくしてただ挑んだだけでは斬られるだけだ。

そのために津香の行方を探した。そしてやっと捕らえたのである。この津香を餌にすれば鏑木は必ず食いついて来る。そこを討てばいいのだ。

どうしてこれまで、このことを考えなかったのか。人の情として鏑木も津香を助けたいはずだ。

まだ、津香は小谷の方の秘密を鏑木に喋っていない。だから津香さえ始末すれば、事は終わるはずだった。だが、若狭も七郎右衛門もそうは考えなかった。津香はすべてを鏑木に喋っていると思った。

だから、津香だけを始末したのでは何にもならない、先に兵庫を討つべきだ、と思い込んだのだ。

「そのほうら、鏑木に対して命を投げ捨てよ。それでなければ斬れんぞ」

と侍たちに言った。だが、侍たちにしてみれば、おのれの命を投げ捨てることなどできることではない。

「目付、鏑木は来るんですかね」

と侍の一人が寄って来た。

とうに明け六ツは過ぎていた。六ツ半（七時）になろうとしている。もっとも江戸の町木戸は六ツに開く。それまでは動けないのだ。木戸が開いて右京ヶ原に来るには時間がかかる。どうしても明け六ツには右京ヶ原には来られない。

もちろん、見張りは出ている。

「来る。必ず来る。津香を殺されたくはないだろう」

「一緒に住んでいても、命を賭けるだけの女ではなかったとしたら。鏑木はむざむざわたしらに殺されに来るんですからね。逃げるんじゃないですかね。津香をわたしらに人質に取られていたら、鏑木は何もできない。ただ殺されに来るだけですから」

「鏑木も武士だろう。矜りがあるだろう」

「武士ですかね。鏑木は浪人ですからね。浪人の中に武士なんて者は居ませんよ。女を放り出して逃げるんじゃないですか」

「すれば、小谷の方を怒らせることになる。殿の立場がない」

「津香は鏑木の妻というわけではない。ただ一緒に住んでいただけの女ですよ。そんな女に命を賭けますかね」

「一緒に住んでいれば、男と女の仲になる。するとそこに情も生まれる。津香を死なせたくはないはずだ」

「男と女が抱き合えば、必ずそこに情が生まれますかね。ただ暇つぶしに抱き合うということもあるんじゃないですか。男と女の間に必ず情が生まれるとは限りませんからね」

「男と女というのはそういうものではない」

「目付、少し考えが甘いんじゃないですか。取り返しのつかないことになりますよ」

「大辻《おおつじ》、取り越し苦労が過ぎるぞ」

侍は大辻と呼ばれた。馬廻り役の大辻景四郎《けいしろう》である。

「荒木さん、こんなところで死にたくはないですね」

「わしらは、いざというとき主家のために死ぬことで禄をもらっている」

「荒木さんは、死ねるんですか。ご子息が十五歳で前髪を落とされる」

「わしが死んでも家名は伜が継いでくれる。未練はない」

「羨《うらや》ましいですね、わたしは昨年、女房を迎えたばかり、いまが一番いいときですよ。ちょっと死にきれません」

「それでも武士か」

「この三十人の中に武士が何人いますかね」

「何を言うか、大辻、主君のために働いてこそ武士である」

そのとき、三人の武士が走って来た。

「どうやら、鏑木が来たようですね。女一人のために命を落とすとは」

七郎右衛門は、後ろにいた津香を呼んだ。津香は二人の侍に両手首をとられていた。三十人の侍が集まってくる。

鏑木は姿を見せた。そして右京ヶ原に入ってくる。侍たちは津香を中心にして居並ぶ。

鏑木は十間（十八メートル）ほどのところに足を止めた。

「鏑木兵庫か」

七郎右衛門は叫んだ。鏑木の顔も知らなかったのだ。

「わしの他に誰がここに来るのだ」

「よい覚悟だ。津香の命惜しくば、刀を捨てよ」

七郎右衛門は刀を抜き、津香の衿を摑んで刃を首筋に当てた。

侍の一人が鏑木に歩み寄っていく。刀を受け取るためにだ。

「さあ、刀をよこせ」

鏑木の前に立って、右手を突き出した。

「おまえはバカか」
「なにっ」
鏑木は刀を抜いた。七郎右衛門はそれを見ていた。刃が閃《ひらめ》いた。侍は動けなくなってい
た。袈裟掛けに斬る。侍は声もあげなかった。目を剝いた。
侍は、左首根から袈裟掛けに斬られた。侍たちは息を呑んだ。首をつけた右肩がゆっく
り滑っていく。滑って体を離れた。そしてそのまま地面に落ちた。
「なぜ」
と首が言葉を発した。脳には血が残っている。意識はあったのだろう。着物もきれいに
裂かれていた。
侍は、鏑木が素直に刀を渡すと思っていたのだ。だから何の考えもなく鏑木に歩み寄っ
た。いかにも無造作だった。
三十人の侍たちは目を見開いた。一瞬気を呑まれた。その隙《すき》に、津香は、七郎右衛門の
刀を握っていた。
「お世話になりました」
と叫んだ。刀を摑まれて、七郎右衛門はあわてて刀を引いた。先に津香の指がぽろぽろ
と落ちた。指が落ちたところで、首筋から、ブッ、と音をたてて血が噴き出した。

七郎右衛門はその血を顔面に浴びた。そしてぶるると震えた。目に鏑木が走ってくるのが見えた。彼は思わず刀を振り上げた。鏑木は七郎右衛門のそばを通りすぎた。どこを斬られたかわからなかった。七郎右衛門が振り向いたときには、次の侍を雁金に斬っていた。振り向いたために体がよじれた。そのとき、おのれの腹に異常を覚えた。妙に腹のあたりに涼しさみたいなものを覚えたのだ。手をのばして腹を探った。そして、

「ギエッ」

と声をあげた。おのれの腹が裂けていた。目の前がまっ暗になった。腹の中に妙な動きを覚える。折り畳まれて腹の中に収まっている腸《はらわた》が、ぬるりと出て来ようとしている。七郎右衛門は刀を投げ出し、両手で腹を抱えて坐り込んだ。出て来ようとする腸を押し込んだ。だが痛みはなかった。

腹を裂かれて生きられないことは知っている。そしてすぐには死ねないことも。うつろな顔になった。

昨日から便が出ずに、腹が重かったのを思い出した。このところ、三日に一度くらいしか便が出ない。腹の調子がおかしかったのだ。医者は肛門の奥のほうにできものができていると言っていた。

もしかしたら死病かもしれないと思っていた。癌《がん》の病である。たが、いまはそのことを

気にしなくてよくなった。

どうしてこのようなことになったのか。そのことを考えていた。男と女は体を重ねれば情を生じる。そう信じていた。おそらくそのことには間違いなかったはずである。津香は鏑木を死なせないために、おのれで死んだ。これも情だろう。津香はすでにおのれが殺されることは知っていた。それで鏑木を助けようとして死んだ。

だが、それにしては鏑木の動きはおかしい。刀を受け取りに行った侍を斬った。津香を助けるつもりなら、侍を斬れなかったはずである。それも無造作に斬った。むごい斬り方だった。鏑木ははじめから津香を助けるためにこの右京ヶ原に来たのではなかった。

七郎右衛門の考えは当たっていなかったのだ。鏑木が、

「出会え」

と叫んだのが聞こえた。出会えとは、鏑木の味方が潜《ひそ》んでいたことになる。

気をゆるめると腸が出ようとする。それをあわてて押し込む。両手はぬるぬると汚れていた。おのれの首を裂かなければ、と思う。だが、手がぬめっていて刀を握れないのだ。

四

一人目は袈裟掛けに深々と斬った。首と右肩が斜めにずるずると滑って落ちた。深く無惨に斬った。斬って見せたのだ。三十人の侍たちが怯えるようにだ。

一人目の侍は悠然として兵庫の前に立った。おのれが斬られるとは夢にも思わなかったようだ。兵庫が黙って刀を渡すと思っていたのなら大たわけだ。

首が地面に落ちてから、なぜ、と言った。なぜ自分を斬るのか、と言いたかったのだろう。

兵庫は死ぬ気はなかった。津香を攫った侍たちを斬るために来たのだ。

津香のために兵庫が死ぬと考えたとすれば、これも愚かである。兵庫ははじめから津香を助けられるとは思っていない。たとえ兵庫が死んでも、津香は斬られて死ぬのだ。

それでは何の意味もないのだ。津香は侍の刀で自害した。兵庫はそうなる予想をしていた。そして思った通りになった。

侍たちは人質が死んでうろたえた。たとえ三十人でかかっても兵庫は斬れないのだ。それだけの腕がないということではない。

三十人の侍のうち十人でも死の覚悟ができていれば、あるいは兵庫を斬れたのかもしれない。だが、おそらく、死の覚悟ができている者は一人もいない。

二人目は津香の首を裂いた侍である。何の構えもなかった。兵庫の姿を見て、思わず刀を振りかぶった。胴はがら空きである。腹に刃を滑らせるだけでよかった。

三人目は雁金に斬り下げた。刃は肩からすんなりと入った。そして腹のあたりで刃は抜けた。ぶるると震えた。

「出会え」

と叫んだ。離れたところで真里谷円四郎が待っているはずだった。呼ぶまで出て来るなと書いておいた。

その声に侍たちはまたうろたえた。伏勢がいると思ったのだろう。もともとこの侍たちは、はじめから兵庫と斬り合うつもりではなかった。

こちらには人質がいる。その人質のために兵庫は刀を差し出し斬られると思っていた。はじめに仲間が斬られたことに仰天し、また津香が自害したことで青くなった。

だが、次は自分たちの番だとは思わなかった。だから刀を抜くのさえ忘れていたのだ。ただうろうろするばかりである。三十人の侍がいて、自分たちの仕事を全く忘れていた。

四人目は斬り下げた刀を逆袈裟に斬り上げた。その侍は脇腹を斜め上に裂かれて体をくねらせた。五人目は鉢の皿をとばした。とばしたのは鉢ではなかった。刃は右耳の上から左耳の上に滑るように入った。頭の半分がとんだ。とんだ半分には目玉がついていた。

鉢の皿をとばすつもりが手もとが狂ったのだ。そこには入りくんだ白い骨があった。六人目は両腿を切断した。ストンと上半身が地面に落ちた。二本の足が袴の中から滑り出した。

斬られた本人は、どうして自分の背丈が急に縮まったかに不思議な顔をした。痛みを覚えるのはしばらくしてからだろう。

七人目は、下から払い上げるようにして右腕を肩のつけ根から斬り離した。刀を持った右腕が袖から抜けて飛んだ。八人目は首をはねた。

首は転がっていく。侍はその首に怖れてとび退《の》いた。左右の肩の間から血が噴き出す。そのあとからも、煮えたぎるように血が湧き出す。心臓は首を失ったことを知らずに、まだ血を送り出しているのだ。

九人目は、兵庫に前に立たれて、立ったままがたがたと震えていた。筋肉が締まりすぎて体が動かないのだ。

兵庫は柄頭で頭を叩いてやった。両眼がポロリととび出して頬にぶら下がった。十人目はいまになって刀を抜こうと柄に手をかける。その手首を斬り落とす。

侍が三十人いても、何もできない。はじめの二つの衝撃で、動きがとれなくなっていた。

十一人目は股間を斬りあげた。はじめて、

「ギャッ!」

と声をあげた。ふぐりが裂けたのかもしれない。剣尖は腹を縦に裂いていた。縦に裂けると内臓はとび出さない。

十二人目は頭の皿をとばした。髷《まげ》をつけた皿が舞い上がる。まるで円盤のようにだ。二つの目玉が斜視になっていた。白い脳漿《のうしょう》が煮えた豆腐のように見えた。頭が傾くと白いものがぞろぞろとこぼれる。

兵庫の動きには無駄がなかった。見ていると斬られるために侍たちが兵庫の前に立つという感じである。それだけ兵庫は動いていたのだ。

十三人目と十四人目は、雁金に斬り下げた。上段から刀を振り下ろす。二度刀を振ったように見えたが、立つ位置は違っていた。

十五人目は腹を薙いだ。腹には骨がない。だから腹を裂いても刀柄を握る手にも手首にも何の抵抗もないのだ。包丁で豆腐を切るような感触である。

その侍は腹を裂かれたとも知らずに斬り込んで来る。だが斬り込む先に兵庫の姿はない。刀を途中で止めることができず、自分の足指を削る。

「ギャーッ」

と声をあげた。足指に斬りつけると、これは痛い。叫びが出る。体を起こして見て自分の腹に何かがぶら下がっているのを見る。自分の腸だと気付くまでに一呼吸あった。おのれの腸だと気付いたとき、へなへなとなって坐り込んだ。

そのころになって、侍たちはばらけ、逃げはじめた。十五人が斬られるまで、侍たちは逃げるのも忘れていた。

そこに立っているのは兵庫だけだった。あたりに屍《しかばね》がごろごろしていた。もっともまだ生きているのもいる。

円四郎はどうしたのだ、と見回した。姿がない。侍たちに斬られたはずはない。むこうに背中を丸めて坐り込んでいるのが見えた。ゲッゲッと吐いている。それが円四郎だった。はじめて人を斬ったのだから、嘔吐《おうと》するのも仕方のないことだった。円四郎を見ないようにして、兵庫は刃を拭った。紙でていねいに拭う。だが、人の脂というのはしつっこい。刃から離れてはくれないのだ。脂を残しておくと鞘の中で刀が錆《さ》びることになる。

住まいに帰って改めて拭うことになる。

すでに、弥次馬が集まって来ていた。弥次馬の中から若いのを二、三人呼んだ。こわごわと歩み寄ってくる。

「あそこに女が死んでいる。あの女を本所回向院《えこういん》まで運んでくれないか」

兵庫は一両を出した。

「これは四人分の駄賃だ」

わかりやしたと、一人がとんでいく。どこからか、戸板を一枚持って来た。

「住職に、あとからあいさつに伺《うかが》う、と言っておいてくれ。逃げるとあとがこわいよ」

と脅しておいた。

津香が戸板に乗せられる。四人の男たちが運んでいく。津香の両親というのがわからない。これから探すことになるのだ。柳沢の家臣、長谷部鉄造ならば知っているかもしれない。

そこに円四郎が歩み寄って来た。まだ顔色が青い。

「貴重な経験をさせてもらった。三人を斬った。人を斬るというのは大変なことなのだな」

肩を並べて歩き出す。歩きながら転がっている死体を眺める。

「凄く斬ったものだな」

「藁人形《わらにんぎよう》を切るようなものだ」

「それは違う。人を斬るのだからな。生きている命を奪うことだからな。何人斬った」

「十五人だな」

「それほど斬って何も感じないのか」

「感じていては、浪人としては生きられぬ」

「わたしは三人斬ってへとへとだ。人を斬るというのは疲れる」

円四郎はこれから三日間、寝込むことになる。達人と言われる円四郎がである。

五

兵庫は、住まいでごろごろしていた。斬り疲れではない。津香が死んだことで落ち込んでいたのだ。

長谷部鉄造に津香のことを聞いた。津香は大奥女中で北の丸殿付きだった。その両親もわかった。御家人だった。両親が回向院から津香の屍を引き取って弔《とむら》いをした。

それで何とか形がついた。だが、津香がどのような秘密を握っていたのかはわからずじまいだった。

何とも力が出ない。

「だから、住まいに女を置きたくなかったのだ」

と呟く。

十日後に、茂兵衛の斬罪が決まった。大奥女中のお波が、浅岡忠七郎の家来、水谷総左衛門から、浅岡縫殿頭直国の死因に疑いありと聞いて、主人である右衛門佐に伝えた。右衛門佐はそのことを綱吉に話す。

綱吉は老中に、浅岡縫殿頭のことを調べよと命ずる。老中はすぐに目付を呼んで調べた。茂兵衛が捕らえられ、すべてを喋った。

義理の妹は永《なが》の押込、北多見若狭守はお役御免の上、桑名《くわな》の松平越中守定重《まつだいらえっちゅうのかみさだしげ》へお預けとなった。このときも、若狭は小谷の方に頼んだが、彼女はそっぽを向いたという。鏑木兵庫のことが響いたのだ。

茂兵衛の旧悪が露見した。若狭の頼みによって茂兵衛をかばっていた寺社奉行の坂本右衛門重治《さかもとうえもんしげはる》、そして仲間の本多淡路守忠周《ほんだあわじのかみただちか》もお役を免ぜられ、加増分も召し上げられ逼塞《ひっそく》になった。

若狭の急速な転落だった。右衛門佐方の奥女中たちはよろこんだ。小谷の方の寵していた側用人若狭を追い出したのだから。お波には右衛門佐から褒美《ほうび》を与えられたという。

浅岡忠七郎は千石を持って浅岡家を相続し旗本に加えられた。もとは三千石だった。千石に削られても禄をもらうことができた。忠臣水谷総左衛門の苦労が報われたことになる。

総左衛門は兵庫の住まいを探して、礼にやって来た。だが忠七郎はついに現れなかった。禄がもどって来たのは当たり前と思っているようだ。

兵庫は湯を沸かして茶を淹れた。そして濃い茶を呑む。これが兵庫には何よりなのだ。大きく溜息《ためいき》が出る。津香がいないのに馴れるのに時間がかかる。

部屋の隅に箪笥《たんす》があった。前に夜逃げした者が置いて行ったものを、中を空にしてそのまま使っていた。下の二段は津香が使っていた。たいした着物はないが何か残っているはずである。

箪笥を開けてみた。そこに白い封書が入っていた。それを手にしてみる。鏑木兵庫様とある。何か書き残したらしい。封書を開いた。

『何時、死ぬことになるやも知れませんので書き残しておきます』

とあった。つまり書き置きだった。いつ書いたのかはしれない。

津香は逃亡する前は、御成御殿にいた。綱吉の世話をするために、北の丸殿付きから御成御殿に来ていた。

そこで津香は驚くべき事を見たのである。綱吉はこの御成御殿に来て女たちと遊ぶ。隆光が共に来て立川流の行《ぎよう》を行うこともあった。

綱吉は、あちこちの女に手を出すのが好きだ。三十人いる女たちのうち、その日に気に入った女と遊ぶ、もちろんそのために柳沢が建てた御殿である。

綱吉に子を孕《はら》ませる能力がなかったわけではない。だから女たちは懐妊する。そこに小谷の方の手が加わるのだ。御殿には小谷派の侍たちがいる。

小谷の方としては、わけのわからない女が綱吉の子を孕んでは困るのだ。それで孕んだ女を侍が斬り殺し、死体を井戸の中に投げ込む。

これを津香が見てしまった。小谷派でない侍が津香を逃がそうとした。そして昌平橋の上で斬り殺されたのだ。

孕んだ女を殺していたことが、綱吉に知られると大変なことになる。

二カ月前まで御殿にいたという蟹丸兵衛の妻お通は、孕んだために殺されて井戸に投げ込まれたのだろう。長谷部鉄造は急にいなくなったと言った。

井戸と言えば千姫《せんひめ》御殿の例もある。千姫を抱いた男は、すべて殺されて井戸に投げ込まれたという。

御成御殿では、それと同じことが行われていたのだ。元凶は小谷の方である。小谷が殺さなければ、綱吉には何人もの子が生まれていた。すると生類憐みの令もなかったことになる。

小谷の方は、右衛門佐の子も流してしまっている。女とは怖ろしいものだ。小谷の方は自分の子を生みたかった。女の執念である。

そのことを津香に見られては、生かしてはおけないはずである。津香は御殿の女中だったのだから、井戸に投げ込まれる女の死体を見てすべてを悟ったのだ。

兵庫は、津香の遺書を火鉢で焼いた。このことを蟹丸に話せば、今度は小谷の方の駕籠を襲うことになるだろう。だが、蟹丸に喋るつもりはなかった。

女の権力欲のすさまじさを知った思いがする。背筋が寒くなる。

このことを柳沢保明に話してみようか、と思ってみる。だが、保明はすでに知っていることかもしれない。

津香はこの秘密を守ろうとした。なぜなのか。津香は北の丸殿付きの女中だったのだから小谷方の一人でもある。いかに自分の味方でも、小谷の方には、殺してしまわないと安心できないのだ。

小谷の方が信用しているのは、隆光だけかもしれない。いつかは綱吉の子を孕むと信じている。そして自分の子を六代将軍にしたい。その執念がある。

桂昌院のように、将軍の母堂になりたいのだ。まだ三十代である。子を生むことができると思い込んでいる。

自分が一番孕みやすいときに、隆光に行を行わせる。だが、なかなかうまくはいかなかった。

「なるほど、そういう秘密だったのか」

と兵庫は呟く。たしかに大きすぎる秘密だった。もっとも、この秘密を津香が喋ってくれても、どうなるものでもなかったのだ。

黙って死んでいくのは、兵庫に対して申しわけないと思い、遺書にしたのだろう。

兵庫は炭火を灰の中に埋めて、外へ出た。神田明神のお藤に会いに行こうと思った。お藤を抱きたかった。お藤は、堀田将監のところにいるお紋には比べようもないが、茶屋女だけあって、好きものだ。兵庫に抱かれると悶え狂う。

視界で黒い影が動いた。しばらく歩くとまた動いた。ただ者ではない。浪人や侍たちとは動きが違っていた。忍びの者だろう。

小谷の方は、兵庫のことを忘れていなかったのだ。北多見若狭は失敗した。だがそれで終わったわけではなかった。別の暗殺集団を頼んだのだ。

影は一人や二人ではない。少々相手が違うという気がする。どこかで襲いかかってくるのだろう。兵庫は神田明神へ向かって、須田町通りを歩いていた。

◆参考資料

『大奥秘史』武田完二著　日東書院

この作品は1992年5月天山出版より刊行されました。

徳間文庫をお楽しみいただけましたでしょうか。どうぞご意見・ご感想をお寄せ下さい。
宛先は、〒105－8055　東京都港区芝大門2－2－1　㈱徳間書店「文庫読者係」です。

徳間文庫

元《げん》禄《ろく》斬《ざん》鬼《き》伝《でん》

奈落

2003年9月15日 初刷

著者 峰《みね》隆《りゅう》一《いち》郎《ろう》

発行者 松《まつ》下《した》武《たけ》義《よし》

東京都港区芝大門二—二—二〒105—8055

発行所 株式会社 徳間書店

電話 編集部〇三(五四〇三)四三五〇 販売部〇三(五四〇三)四三二四

振替 〇〇一四〇—〇—四四三九二

印刷 図書印刷株式会社

製本 ナショナル製本協同組合

〈編集担当 柳久美子〉

ISBN4-19-891949-6 (乱丁、落丁本はお取りかえいたします)